밤이 아홉이라도

밤이 아홉이라도

전석순 글×홋한나 그림

미메시스

차례

불안은 45퍼센트를 차지하고 있다. 이어서 긴장이 21퍼센트, 두려움이 10퍼센트, 안정이 5퍼센트, 불쾌가 3퍼센트다. 숙소에서 나올 때와 별다를 건 없다. 단지 구성 비율이 좀 달라졌을 뿐이다. 시설에 있을 때에 비하면 확연히 나아진 수치다. 소장이 거들먹거리면서 대여해 준 고급 치료기가 영 허튼 기기는 아닌 모양이다.

불안 수치가 걸리지만 종일 감정 측정기를 달고 다니는 걸 감안하면 신경 쓸 정도는 아니다. 감정 측정 자체가 불안이나 긴장을 유발시켰으므로 어느 정도 표준 범위에서 벗어나는 건 눈감아 줬다. 그렇다고 현장을 배정받을 수 있는 건 아니었다. 작업의 기준이 되는 범위는 매번 표준 범위와 달랐다. 어떨 땐 감정이 표준 범위 안에 있는 인부들이 작업에서 제외되기도 했고 결과에서 흥분 수치가 가장 높게 나온 인부가 제일 먼저 현장을 배정받기도 했다. 소장은 형평성을 맞추는 일이 어렵다고 투덜거렸지만 대부분 알선 업체에서 떼어 가는 수수료를 조정한다는 것을 알고 있었다. 그것만으로도 부족하면 치료기를 대여하거나 현장에서 발생하는 모든 문제에 책임을 진다는 조건을 내걸어야만 했다. 그래도 대놓고 소장에게 따지는 인부는 없었다. 어떻게든 하루라도 더 작업 현장에 나가야 했다. 그래야 월세나 공과금을 해결할 수 있었고 다달이 들어가는 치료비와 검사비도 충당할 수 있었다. 무엇보다 지긋지긋한 감정 측정기를 빨리 벗어던지고 싶은 사람들이었다. 감정 측정기는 시도 때도 없이 감정을 측정해 기관으로 전송했다.

의무적으로 감정 측정기를 달고 다니는 사람을 두고 안전한 사람이라고 여기기도 했다. 하지만 대부분 같은 이유로 경계했다. 어쨌든 문제가 될 정도로 표준 감정에서 벗어났던 사람들이었다. 그래서 어지간한 업체는 보호 관찰 대상자를 고용하려고 하지 않았다. 탈락한 사람들은 지정된 공공 근로만 나갈 수 있었다. 그것만으로는 표준 감정을 유지하기가 빠듯했다. 국가에서는 인식 개선을 위한 공익 광고를 내보냈고 감정이 표준에서 벗어났을 때 바로 조취를 취할 수 있는 제도도 마련했지만 효과는 미비했다. 고작 사업장마다 의무적으로 고용해야 하는 보호 관찰 대상자를 배정하는 정도였다.

보호 관찰 대상자에서 벗어날 수 있는 방법은 정기 검진과 심사뿐이었다. 이제 며칠 남지 않았다. 그동안 표준에서 벗어나지 않았던 날도 제법 많았다. 측정 결과가 께름칙했던 날이 없었던 건 아니지만 적어도 이전보다 좋아진 건 분명했다. 다만 들쑥날쑥한 불안이나 긴장보다 번번이 마지막에 붙어 있는 기타 16퍼센트가 걸린다. 이것만은 소장이 준 치료기로도 어쩌지 못하는 모양이다.

기타로 나오는 건 정확하게 측정할 수 없는 감정이다. 기준치를 넘으면 경보음이 울리고 삼십 분 이내에 조치를 취하지 않으면 가까운 병원이 안내됐다. 일정 시간이 지나도 메시지를 확인하지 않으면 위급한 상태로 판단하고 위치를 추적해 구급차를 호출했다. 보호 관찰 대상자가 측정기의 전원을 꺼버릴 때나 특정 감정의 비율이 80퍼센트 이상일 때도 같은 규칙이 적용됐다. 구급차가 도착하기 전까지 경보음은 멈추지 않았다. 구급차에 실려 가게 되면 기록에 남았다. 기록은 어디서든 발목을 잡았다. 한 번의 기록만으로도 시설로 보내질 수 있었다. 하지만 건강한 감정과 범죄 예방을 위해서라도 기록은 필요했다.

보호 관찰 대상자들은 개인별 표준 감정 수치에서 벗어난 날이 따로 기록되었다. 표준 범위는 나이와 직업 그리고 거주 지역이나 재산 상태, 결혼 유무, 가족 관계 등에 따라 결정되었다. 요즘은 일반인들도 일 년에 한 번씩 감정 검진을 받았다. 누적된 결과를 보면 감정 변화를 한눈에 알아볼 수 있었다. 연말이 되면 감정 진단서를 바탕으로 새해 계획을 세우기도 했다. 내년엔 좀 덜 흥분해야지, 아직 더 증오해도 괜찮겠구나, 하는 식이었다. 의무적으로 감정 검진을 받아야 하는 건 아니었지만 진단서를 요구하는 기관은 점점 늘어났다. 비리로 얼룩졌던 회사는 모든 고객의 감정 진단서에서 기쁨을 20퍼센트까지 끌어올리겠다는 목표를 발표하기도 했다. 장난삼아, 하지만 자못 진지한 표정으로 결혼 전 감정 진단서를 교환하는 것도 유행처럼 번졌다.

고백은 단순하고 건조해졌다. 측정 결과 대신 섬세한 문장으로 감정을 표현하려는 사람은 어딘지 모르게 촌스럽고 고리타분해 보였다. 몇 년 전부터 의무 교육 과정에 감정 교육이 포함되었으므로 여전히 학교 다닐 때 감정 교육을 받지 못한 사람들이 많았다. 그들은 가끔 하늘을 날아갈 것 같다거나 구름을 걷는 기분이라는 말을 썼지만 이제 아무도 믿지 않는다는 걸 깨달았다. 믿지 않는 사람 중에는 자신도 들어갔다. 믿을 거라곤 측정기에서 나온 숫자뿐이었다.

사람들은 측정 결과를 바탕으로 체지방처럼 감정의 수치와 비율에도 신경 썼다. 이를테면 누구든 결과지에 이물질처럼 불안이나 분노가 끼어 있으면 제거하려고 안간힘을 썼다. 올해의 친절 사원으로 뽑혔는데 감정 진단서에 우울과 경멸이 나오면 치료할 시간을 두고 재검을 요청하기도 했다. 생활 기록부나 근무 평가에 감정 진단서가 영향을 미치는 건 말할 것도 없었다. 약물 복용이나 호르몬 조절이 가장 효과적이었지만 번거로웠고 무엇보다 비쌌다. 게다가 치료 기록을 남기지 않으려면 뒷돈까지 찔러 줘야 했다. 관리실은 영상과 냄새, 온도, 음식, 산소 공급과 함께 전문 상담으로 안정적인 수치가 나올 수 있도록 도와줬다. 하지만 공식 인증 기관은 드물었고 회당 이용 금액도 만만찮았다. 그래서 치료기에서 흘러나오는 색채와 진동, 음악만으로 감정을 조절하려는 사람들이 많았다. 모든 사람이 치료기를 쓸 수 있는 건 아니었다. 보급형이 나오긴 했지만 여전히 저소득층에게는 큰 부담이었다. 올해부턴 공공 기관마다 간이 치료기가 비치되어 있었지만 턱없이 부족했고 효과도 크지 않았다.

고급 치료기의 맞춤형 프로그램을 마치고 측정해 보면 확연히 안정된 감정 수치를 확인할 수 있었다. 기쁨은 기준 이상으로 치솟았고 찌꺼기처럼 들러붙었던 분노는 말끔하게 사라졌다. 처음 치료기가 나왔을 때 전문가들은 섣불리 감정을 봉합하려는 시도를 경고했다. 하지만 어쩔 수 없었다. 표준 감정에서 벗어날수록 사회생활은 엉망이 되었다. 진급에서 누락되기 일쑤였고 직원의 감정 수치에 문제가 있다는 소문이 돌면 순식간에 매출이 떨어졌다. 표준 감정이 아닌 사람과 만나고 싶어 하는 사람은 없었다. 이제껏 학교나 직장에서는 구성원의 평균 감정 수치만 공개해 왔지만 최근 모든 사람들의 결과를 공유해야 한다는 목소리도 높아지고 있었다.

그동안 업체에서 정해 준 기준 감정에 도달하지 못할 때가 잦긴 했다. 긴장이 조금 부족하거나 두려움이 넘쳤다. 마지막 측정 결과는 현장을 배정받기엔 아슬아슬한 수치다. 그래도 소장은 수수료를 조금 더 떼는 선에서 현장을 배정해 줄 것 같다. 남아 있는 팀이라곤 나와 남자뿐이기 때문이다. 소장은 미심쩍은 시선으로 남자와 나를 번갈아 가며 훑는다. 남자는 어깨를 으쓱하고 나는 시선을 튼다. 소장은 목소리에 한숨을 뒤섞는다.

「어쩔 수 없군. 이번에도 치료기를 믿는 수밖에.」

오늘까지 마무리하지 않으면 안 되는 작업인 게 분명하다. 미룰 수 없는 작업이라면 빤하다. 그들이 버틸수록 공사는 늦춰졌고 공사비는 점점 불어났다. 그러니 하루라도 빨리 밀어 버려야 했다. 이 도시에 내가 아는 현장만 해도 예닐곱 군데는 됐다. 외부에서 몰려든 업체들은 서로 현장을 더 맡으려고 혈안이 되어 있었다.

「현장에서도 측정 결과가 이러면 곤란해. 최소한 불안 수치만이라도 좀 낮춰.」

소장은 혀를 차며 시선을 돌린다. 시선 끝은 고급 치료기에 닿는다. 처음 작업 나갈 때부터 꼭 필요할 거라며 떠넘겨 줬던 것이다. 일당에서 대여료가 깎여 나갔지만 어쩔 수 없었다. 고급형은 심박 수뿐만 아니라 홍채나 체온, 안면 근육, 혈압까지 분석했다. 따로 구입한 검사지에 일정량의 혈액을 묻혀 넣으면 정밀 검사 기능도 가능했다. 정밀 검사 기능을 이용하면 감정 수치를 소수점 단위로 알 수 있었다.

그동안 나왔던 결과를 데이터화해서 분석해 주는 것도 보급형과 다른 점이었다. 그래서 어느 시간대에 누구를 만나면 감정이 불안정한지 비교적 정확하게 알 수 있었다. 특정 상황에서만 불안이나 분노 수치가 올라가는 것도 쉽게 잡아낼 수 있었다. 감정을 조절하는 가장 간편한 방법은 원인을 제거하는 것이었으므로 꽤 유용한 기능이었다. 게다가 통신 기능도 있어서 국가에서 지정해 준 측정기 대신 쓸 수도 있었다. 기관에는 비정기적으로 측정한 결과가 아니라 치료 기능을 통해 조절된 결과가 전송된다는 점도 끌렸다. 강화된 치료 기능은 수치 조절에 유리했다. 보급형은 영상과 소리뿐이었지만 고급형은 VR 영상과 진동, 온도까지 제공했다. 그 외에도 다양한 부가 기능이 있었지만 가볍고 날렵해서 거추장스럽지도 않았다.

고급 치료기는 내 옆구리를 단단히 옭아매고 있다.

남자는 내 측정 결과를 힐끔거리더니 피식거린다. 웃으려다 마는 것 같은 웃음이다. 매번 훔쳐봤던 것일까. 나는 한 번도 측정 결과를 입 밖으로 낸 적이 없었다. 소장이 물어볼 때도 화면만 보여 줄 뿐이었다. 그건 현에게도 마찬가지였다.

남자 쪽으로 몸을 트는 동안 웅얼거리는 목소리가 등에 달라붙는다.

「이래서야 오늘 작업할 수 있겠어?」

남자는 내 옆을 비껴가면서 혼잣말처럼 속살거린다. 가래가 들끓는 목소리다.

「도움이 필요하면 언제든 얘기해. 아무리 고급 치료기라도 한계는 있을 테니까.」

남자라고 무슨 뾰족한 수가 있을까. 그사이 불안이나 긴장이 줄어든다. 대신 불쾌가 그 자리를 메운다. 그러자 돌연 낯선 음악이 흘러나온다. 박자가 더 느려진 듯하다. 화면에 흘러나오는 색에서 푸른빛이 돈다. 사이사이 연분홍색이 번진다. 진동은 한층 약해진다. 신경 쓰고 있지 않으면 모를 정도다. 손가락 끝에는 미열이 닿는다. 모든 것이 늘어난 불쾌보단 기타 16퍼센트 때문인 것 같다.

쾌속 모드를 실행한다. 음악과 색채와 진동은 아직 이름 붙여지지 않은 감정을 희석시켜 줄 것이다. 작업 시간이 얼마 남지 않았다. 현장에 도착하기 전까지 기준 감정을, 적어도 소장이 눈감아 줄 정도의 감정을 만들어 놔야 한다. 결과에 죄책감이나 기쁨이 전혀 없다는 것도 위험신호다. 지나치게 높은 것도 문제지만 아예 없는 건 더 큰 문제다. 주변을 두리번거리며 호흡을 가다듬는다.

이미 단단하게 여문 밤 위로 다시 밤을 덧댄다. 그동안 몇 겹의 밤을 덧댔는지, 얼마나 더 많은 밤을 덧대야 하는지 가늠할 수 없다.

작업은 대부분 야간에 진행되었다. 이 도시의 밤은 겉으론 고요해 보여도 뜯어보면 낮보다 더 활기찰 때가 많았다. 소장은 현장을 배정할 때마다 낮에 자고 밤에 작업하는 일과가 얼마나 고된지 이해한다고 했다. 하지만 표정은 지워져 있었고 목소리는 퍼석했다. 감정을 측정해 봐야 객관적으로 알 수 있을 것이었다. 결과에 슬픔이 조금이라도 섞여 있으면 소장을 떠올리는 방식이 달라질 것도 같았다. 하지만 소장은 한 번도 자신의 감정 진단서를 보여 주지 않았다. 그건 남자도 마찬가지였다. 이제 감정 진단서는 무엇보다 중요한 개인 정보였다. 얼마 전에는 보험사에서 고객들의 감정 진단서를 유출시키는 바람에 곤욕을 치르기도 했다.

소장은 하품이 이어질 틈을 주지 않고 말을 잇는다. 들으나 마나 한 주의 사항이다. 두어 번만 더 들으면 통째로 외울 수도 있을 것 같다. 소장이 세 번째 주의 사항에서

막히면 〈마스크요, 마스크!〉라고 일러 줄 때도 있었다. 마지막 주의 사항을 일러 줄 때까지 소장은 어떤 사람이 버티고 있는 빌라인지, 몇 명이나 버티고 있는 건지 말해 주지 않는다. 그때 선생님도 끝내 누가 그랬는지 알려주지 않았다. 단지 그게 모두에게 좋은 방향이라고 덧붙였다. 그 모두에 나도 들어가 있는 건지는 모르겠다. 현장에 도착하기 전까지 차라리 모르는 게 나을 때도 있었다. 아무도 모르게, 날이 밝기 전에 완전히 끝내 달라는 추가 주문이 이어지는 작업일 땐 더더욱.

이번에도 의뢰인에 대한 정보는 없다. 아마 방이 빼곡하게 박혀 있는 빌라일 것이다. 어떻게 이 많은 방이 들어가 있는 건지 짐작할 수도 없을 만큼. 이런 빌라는 누가 버티고 있는지가 중요하다. 그에 따라 준비해야 할 도구도 조금씩 달라진다. 일당도 차이 난다. 노파나 미취학 여자아이가 가장 싸게 먹혔다. 건장한 사내가 여럿이 버티고 있다면 소장은 치료기 대여료를 면제해 주고 일당을 서너 배쯤 얹어 줬다. 그래도 시큰둥하면 수수료까지 줄여 주기도 했다.

남자가 캐묻자 소장은 그다지 어렵지 않을 거라고만 하면서 얼버무린다. 여자들이거나 사내라면 겨우 한두 명, 그나마도 비리비리한 놈들일 것이다.

「저번에 뚱보 형제 기절시켜서 처리하느라 허리 나갈 뻔했다고요. 아시죠?」

남자가 심드렁하게 덧붙인다. 소장의 표정이 일순 사나워진다. 감정을 측정해 보지 않아도 알 수 있을 만큼.

「입 조심해! 우린 오늘 골목길 환경 정화 사업에 투입되는 거라고. 똑똑히 기억해 두는 게 좋을 거야. 평생 보호 관찰 대상자로 살고 싶지 않으면.」

「뭐, 넓은 범위에서 보면 비슷한 작업이죠.」

그사이 남자는 세 번째 하품을 이어 나간다.

서류상으로는 화단에 꽃을 심거나 거리에 함부로 쏟아지는 오물을 치우는 동안 안정적인 감정을 유지해야 한다. 일정 기간 아무 문제를 일으키지 않고 정기 검진과 심사 결과만 좋다면 내 감정 진단서는 기관에서 관리하는 대상이 아니라 사생활이 될 수 있다. 하지만 공공 근로에서 버는 돈만으로 보호 관찰 대상자에서 벗어날 수 있는 사람은 거의 없다. 그래서 소장 같은 사람을 찾았다.

소장은 편법에 밝은 사람이었다. 그래서 숨기는 게 많아 보였고 그만큼 주변에 사람들로 들끓었다. 대부분 나나 남자처럼 가난한 보호 관찰 대상자들이었다. 그들은 시설에 갇혀 감정 교육을 이수한 후 통신 기능만 추가된 보급형 치료기를 달고 사회로 나왔다. 그 후 지정된 기간 동안 아무 문제없이 사회 구성원으로 살아갈 수 있다는 것을 증명해 내야 했다. 심사 전이라도 문제를 일으키면 다시 시설로 돌아가야 했다. 한 번 돌아가게 되면 시설에서 머무는 기간은 길어졌고 교육도 까다로워졌다. 그중 몇몇은 상급 기관으로 이송되기도 했다.

언제부턴가 군내가 슬금슬금 몰려온다. 이제 주소만 입력하면 된다. 소장은 떠듬떠듬 주소를 부르다 말고 눈을 치켜뜬다.

「입력 안 하고 뭐해?」

부랴부랴 치료기를 꺼내 지도 기능을 실행시킨다. 도로명을 입력하다가 멈칫한다. 기억에 남아 있는 주소와 거의 일치하다. 마지막 숫자가 좀 애매하긴 했지만 최소한 그 근처인 건 확실하다. 혹시 잘못 들었나 싶어 소장을 쳐다본다. 소장의 입에선 중앙 시장 뒷골목이 나오다가 칠성국밥집이나 오로라문구사 같은 이름이 줄줄이 나온다. 설명은 두서 없고 장황했지만 들으면 들을수록 장면은 또렷해진다. 더 듣지 않아도 알 것 같다.

소장은 기지개까지 켜는 남자를 노려 보곤 자리에서 일어난다. 남자는 게으르게 소장을 따라나선다. 둘이 무슨 말을 더 주고받는다. 목소리는 누가 꾹 밟고 있는 것처럼 뭉개진다.

주소를 입력하니 지도 위에 위치가 찍힌다. 화면 속에는 깃발이 펄럭이고 있다. 내 몸도 깃발을 따라 출렁이는 것 같다. 언제부턴가 뒤에서 화면을 보고 있던 남자는 귓가에 속삭이듯 말한다.

「좀 헤맬 수도 있겠는데?」

그사이 소장은 등을 돌려 나간다. 문이 열리자 안을 기웃거리던 바깥바람이 후다닥 들이닥친다. 그 틈으로 소장의 목소리가 꽂힌다.

「또 뭐 빼돌릴 생각하지 마. 어차피 오늘은 싱거운 밤이 될 테니까. 일찍 끝내면……」

문이 닫히는 바람에 뒤에 이어지던 말이 잘려 나간다. 남자는 한 번 더 기지개를 켜고 찔끔찔끔 쏟던 하품을 한꺼번에 게워 낸다. 옹색한 사무실을 가득 채우고도 남을 만큼 우렁찬 하품이다. 이어서 두툼해진 군내가 퍼진다. 군내가 좀 잦아들자 남자가 느릿느릿 움직인다. 장비를 챙기러 창고로 가는 모양이다. 남자는 내 옆을 스쳐 가면서 어깨에 손을 얹는다. 잠깐 눈이 마주친다. 시선은 이내 흐트러진다. 괜히 아랫입술을 깨문다. 그러자 허벅지나 옆구리쯤에서 바스락거리는 소리가 울린다. 소리는 몸을 조금만 틀어도 부풀어 오른다. 물에 녹듯 몸이 느슨하게 풀어진다. 현과 부딪혔을 때도 그랬다.

현은 아직 그곳에 살고 있을까.

*

학예회 전날까지 한복을 구하지 못했던 것부터가 잘못이었을지도 몰랐다. 고작 무대 위에서 한 번 입고 말 한복을 살 정도로 형편은 여유롭지 않았고 하루 빌리는 것조

차 여의치 않았다. 결국 밤새 얇은 종이를 오려서 이어 붙였다. 찢어질지 몰라 여러 겹 덧대는 것도 잊지 않았다. 군데군데 어긋났고 풀칠이 고르지 못한 자리는 우글쭈글했다. 나중엔 모자라면 모자란 대로 구멍을 남겨 뒀다. 걸을 때마다 구멍으로 바람이 들어왔다. 가느다란 바람은 배꼽 주변이나 종아리를 찌르고 달아났다가 걸음이 흐트러지는 순간 무릎을 움켜쥐었다. 종이가 남은 자리는 힘껏 구겨서 안쪽으로 쑤셔 넣었다. 그 자리마다 엉성한 바느질까지 보탰다. 마지막에는 색지까지 잘라 붙였다. 그러자 기괴한 무늬가 나를 반쯤 집어삼킨 것처럼 보였다.

친구들은 힐끗거리면서 숨을 죽였다. 내가 지나가면 그제야 키득거렸다. 선생님이 눈짓을 주면 잠깐 입을 가리고 고개를 숙였다. 그래도 들썩이는 어깨를 숨길 순 없었다. 차라리 누군가 한 사람이라도 폭소를 터뜨려 줬으면 싶었다. 그럼 폭소를 핑계 삼아 울상을 지으며 무대에 오르지 않겠다고 할 작정이었다. 하지만 선생님이 나를 앞에 두고 어찌할 바를 몰라 발만 동동 구르고 있을 때까지도 크게 웃는 사람은 없었다. 웃음인가 싶으면 문이 열리

는 소리였고 이번엔 진짜 웃음일 거라고 생각하고 돌아보면 탬버린뿐이었다.

무대에 올라가야 할 차례는 성실하게 다가왔다.

「그래! 연습하던 저리에 서지 말고 제일 뒤에 서. 그럼 괜찮을 거야.」

선생님은 내 등을 쓸어내리다가 움찔하면서 말했다. 그 바람에 목소리는 몹시 흔들렸다. 표정은 종이보다 더 우그러져 있었다. 마치 종이를 처음 만져 보는 사람 같았다.

걸음마다 발끝에 힘을 주며 무대에 올랐다. 자리가 바뀌는 바람에 소란이 있었지만 이내 잦아들었다. 중간에 대형이 달라지지 않으니 제자리에서 연습한 대로만 하면 됐다. 하지만 음악이 나오자 며칠 동안 외운 율동이 절반도 떠오르지 않았다. 앞에 선 친구들을 따라하려고 몇 번이나 두리번거렸다. 그동안 동작은 빠르게 넘어갔다. 그래서 엉거주춤하게 서 있을 때가 많았다. 그때마다 뒤로 한 발자국씩 물러났다. 그 바람에 조명이 비추는 자리에서도 슬그머니 멀어졌다. 간주가 이어졌을 땐 한쪽 팔과 다리가 어둠에 뒤덮였다. 얼굴에도 조명이 닿지 않는 자리가 많았다. 그래서 표정이 어떻게 보일지 알 수 없었다.

간주가 끝나고 후렴구가 시작되면서 겨우 몇몇 동작이 떠올랐다. 이제 주저앉았다가 손을 번쩍 들어 올리면서 뛰어올라야 했다. 앞에서 했던 실수를 만회할 생각으로 호흡을 가다듬었다. 그러다 호흡이 뒤엉키는 순간 언제 찢어졌는지 모를 자리가 조금씩 벌어지고 있다는 걸 깨달았다. 팔꿈치쯤인 것도 같았고 오금이나 엉덩이 쪽인지도 몰랐다. 여러 겹 중 하나가 찢어졌을 뿐이라고 생각했지만 한편으론 맨살이 드러나 있을지도 모른다는 생각에 휩싸였다. 율동이 격렬해질수록 손가락 하나 까딱할 수 없었다. 조금이라도 더 움직이면 종이옷이 반으로 갈라질 것만 같았다. 하지만 생각과는 달리 몸은 누가 밀어붙이는 것처럼 줄기차게 율동을 따라갔다. 몇 걸음 더 물러나면서 조명에서 완전히 벗어났다. 후렴이 거의 끝나 갈 때쯤 결국 무대 아래로 떨어졌다. 그래봐야 성인 어깨 정도의 높이였지만 한참 떨어지고도 다시 떨어진 것만 같았다.

바닥에 닿자 종이옷보다 얇은 밤이 여러 겹으로 몸을

뒤덮었다. 연약한 밤이 찢길까 숨소리도 아꼈다. 순간 날카로운 마찰음이 귓속을 파고들었다. 소리는 언제라도 귀를 잡아 뜯어낼 것 같았다. 고작 종이가 구겨지고 찢기는 소리라는 걸 깨달을 때마다 표정을 짐작할 수 없는 그림자가 우르르 몰려와 온몸에 구석구석 달라붙었다.

그때 제대로 하지 못했던 율동을 마저 하는 것만 같다. 머뭇거리다 마지못해 몇 걸음 내딛고, 다시 어정쩡하게 서 있다가 떠밀리듯 나아가는 나를 보고 이제라도 누군가가 폭소를 터뜨려 줬으면 좋겠다. 그럼 남자를 등지고 돌아설 수도 있을 것 같다. 하지만 밤은 어떤 웃음소리도 흡수할 수 있을 만큼 크고 두껍다. 걸음마다 밤이 들러붙어 종아리 근육에 힘이 들어간다. 바스락거리는 소리는 방향만 바꾸었을 뿐 멈추지 않는다. 소리는 치료기에서 나오는 흐리멍덩한 진동과 뒤섞인다. 이대로 가다간 다시 무대 아래로 떨어질 것만 같다.

교묘하게 언덕이 이어진다. 평지인가 싶으면 어느새 완만한 경사가 늘어선다. 평평한 것 같아도 희미한 경사가 끊임없이 이어진다. 거의 야트막한 산 하나는 넘었겠다 싶어 돌아본다. 언덕 아래에 있는 건물의 꼭대기가 정면으로 보인다. 고개를 조금 드니 옥탑까지 드러난다. 건물 높이를 가늠하는 사이에도 남자는 끈질기게 앞으로 나아간다. 멀어지는 남자의 등을 보며 걸음을 재촉한다. 조금이라도 뒤처지면 금세 사라져 버릴 것만 같다. 가로등과 가로등 사이, 빛이 닿지 않는 자리를 지날 땐 정말 그럴 것도 같았다. 하지만 남자의 등과 허리는 매번 느릿느릿 드러났다. 그때만 잠깐 걸음을 늦추는 건지도 몰랐다. 이내 남자가 사라졌던 자리를 지나간다. 가만히 고여 있던 어둠이 몸을 움켜쥔다. 치료기에서 나오는 진동의 간격이 벌어진다. 한쪽에만 꽂은 이어폰에서 흐르던 음악도 표정을 바꾼다. 이름 모를 악기가 불쑥 끼어들고 이어서 미약하지만 분명한 냉기가 잡힌다.

밤은 여전히 끈끈하다. 밤을 몰아내려 손전등을 켠다. 배터리가 거의 닳았는지 빛이 야무지지 못하다. 빛이 닿는 자리도 보이는 게 시원찮다. 다시 바스락거리는 소리가 따라붙는다. 이번엔 격렬한 율동을 반복한 것처럼 거칠

다. 어쩌면 남자와 나를 노리는 무리일지도 모른다. 무리는 기준 감정과 어긋나면 작업할 수 없다는 걸 알고 있을 것이다. 그래서 숨어 있다가 불쑥 튀어나와서 비명처럼 들리는 웃음과 함께 사라지거나 울먹이는 어린 아이를 내보낼 때도 있었다. 얼마 전에는 폭죽을 터뜨리는 바람에 작업을 미루기도 했다. 그때마다 놀람이나 분노 혹은 연민의 수치가 요동쳤다. 그 상태로 현장에 투입되었다간 소장도 이 일에 손을 떼야 할 것이다. 담당자는 매번 봐주는 데도 한계가 있다고 엄포를 놨다. 그때마다 소장은 감정 관리에 소홀한 인부들을 향해 으르렁거렸다. 몇 번 성공하자 방해하는 방식은 점점 정교해졌다. 나는 기준 감정에서 벗어나게 하려고 폭죽을 터뜨리는 사람들의 감정은 어떤 구성 비율일지 짐작해 보며 걸음을 이어 나간다.

미간 사이가 좁혀진다. 어느 순간 누군가 귀에 대고 호두를 깨무는 것만 같다. 슬쩍 돌아봐도 보이는 게 마땅찮다. 가로등과 가로등 사이 유난히 딱딱하게 고인 어둠이 수상쩍을 뿐이다. 어둠 속에서 금방이라도 뭔가 튀어나올 것만 같다. 그새 소리는 잦아들어 거의 들리지 않는다.

어쩌면 긴장이나 불안을 가라앉히려고 치료기에서 나오는 소리일지도 모른다. 그게 아니면 내가 낸 소리일 수도 있다.

더는 오를 곳이 없을 만큼 올라왔다. 멀리 야경이 보인다. 뭉쳐 있지 않고 띄엄띄엄 흩어진 빛이 제법 또렷하다. 중심에는 예전보다 빛이 더 빽빽해진 것도 같다. 끄트머리 쪽을 보니 오밀조밀하게 모여 있던 빛이 몽땅 사라진 자리도 있다.

「겨우 다 올라왔네요.」

「네가 그걸 어떻게 알아?」

남자의 표정은 보이지 않는다. 남자가 치료기 화면을 켜자 그제야 군데군데 얼굴이 드러난다. 표정이 읽힐 정도까진 아니다. 웃고 있다고 해도 찡그리고 있다고 해도 그런대로 다 믿을 수 있을 만큼만 보인다. 허둥거리며 무대에서 밀려나던 내 표정이 꼭 그랬을 것만 같다. 그래서 무대 아래에서 발견한 나를 미소 짓고 있는 것으로 오해했을지도 모르겠다.

남자는 다시 화면을 들여다본다. 지도를 확인하는 듯

하다. 나는 이번에도 지도를 보지 않을 생각이다. 그저 남자가 가는 대로 따라가는 게 낫다. 남자는 내가 지도를 보며 뒤따르는 게 못마땅한 눈치였다. 언젠가는 자기를 못 믿는 거냐고 따져 묻기도 했다. 선생님도 나를 일으켜 세우며 따지는 듯한 목소리로 말했다.

「그냥 제자리에서 앞에 선 애들만 따라하면 됐잖니. 왜 뒤로 떨어지는 바람에 모두를 난처하게 만드니. 애초에 네가 넘어지지만 않았다면…….」

서로 감정을 망쳐서 좋을 건 없다. 이유야 어쨌든 기준에서 벗어나면 현장에 투입될 수 없다. 그럼 일당은 받지 못할 것이고 밀린 공과금과 치료비 중 하나를 포기해야 한다. 측정기를 달고 있어야 하는 기간도 길어질 것이다. 오는 동안 여기서 꺾어지겠지, 세 번째 골목으로 들어가겠지, 이제 이 길로 쭉 들어가겠지 했던 짐작은 다 들어맞았다. 앞으로도 짐작은 많이 남았다. 그중 하나만이라도 틀리면 된다. 그건 감정을 조절하는 일보다 어렵지 않은 일처럼 보인다.

바람이 몸을 핥듯 쓰윽 지나간다. 어딘가 또 구멍이

난 건지도 모른다. 그사이 뭔가 풀썩거리며 종아리를 스친다. 아래를 내려다봐도 보이는 건 없다. 시선을 어디에 두고 있는 건지도 헛갈린다. 어디에도 내가 따라해야 할 동작은 보이지 않는다. 다시 손전등을 켜본다. 빛은 아까보다 더 무르다. 주변을 휘둘러본다. 딱히 눈여겨볼 만한 건 없다. 야경의 불빛이 몇 개 사라졌을 뿐이다.

남자는 여전히 길을 찾을 수 없는 모양이다. 화면을 한 번 보고 고개를 돌리다가 다시 화면을 본다. 현재 위치가 잘못 표시된 것일 수도 있고 길을 잘못 들어선 것일 수도 있다. 어쩌면 아까 두 번째 골목으로 들어가야 했던 것일지도 모른다.

「이상하네. 여기가 운교동이 맞긴 한데.」

남자의 목소리에 치료기는 강렬한 진동을 내보낸다. 악기 몇 개는 소리를 죽인다. 화면에 서서히 노란색이 번진다. 그 틈으로 가느다란 선이 파고든다. 이제 냉기는 날카롭기까지 하다. 현과 머물던 방이 이 근처다.

현이 아니었다면 계절이 바뀔 때까지도 건물 사이를

막아서 만든 긴 방에 있어야 했을 것이다. 방의 벽은 건물의 바깥이었다. 벽에는 가스 배관이나 전선이 숨길 것도 없다는 듯 죄다 드러나 있었다. 그래서 검침원이 오면 언제라도 문을 열어 줘야 했다. 그것은 계약서에 적힌 중요한 규칙 중 하나였고 어떤 규칙이든 감정 진단서를 요구하는 조건보단 나았다. 괜찮은 방은 감정 진단서 없이 계약할 수 없었다. 깐깐한 집주인은 일 년 이내의 감정 진단서를 달라고도 했다. 감정 진단서 없이 들어갈 수 있는 방은 월세가 터무니없이 비싸거나 심각한 하자가 있었다. 융자가 많이 끼어 있는 방이나 사고가 있었던 방도 선심 쓰듯 감정 진단서는 필요 없다고 했다. 아무 문제가 없는 방이라면 보통 집주인이 보호 관찰 대상자를 등쳐 먹는 사람이었다. 그러니 때마다 문을 열어 주는 일쯤이야 아무것도 아니었다.

앞뒤로 달아 놓은 문은 눈여겨보지 않으면 알아볼 수 없었다. 무심코 지나치면 그저 벽의 일부처럼 보이기도 했다. 문이라는 것을 알고 봐도 사람이 드나들 만한 문으로는 보이지 않았다. 지나치게 작았고 손잡이가 달려 있는 것도 아니었다. 그래서 가끔 문을 열고 나서면 지나가던 사람이 걸음을 멈추고 뒤로 물러났다. 마치 벽을 뚫고 나온 사람이나 다른 나라에 있어야 할 짐승을 마주한 것처럼. 때론 공포 수치가 한껏 오른 측정기를 내밀며 따지는 사람도 있었다. 그럴 때면 다시 들어갈 수도 나갈 수도 없어 우스꽝스러운 자세로 서 있어야만 했다. 그 자리에서 상대방의 공포와 맞물리는 감정을 떠올려 보곤 했다. 모멸이나 수치 아니면 우울 같은.

문은 내일이라도 당장 뜯어낼 생각으로 만든 것처럼 엉성했다. 시도 때도 없이 바람에 덜컹거리지 않을 이유가 없었다. 바람은 왜 건물 사이에 방을 만들면 안 되는지 알려주고야 말겠다는 듯이 집요하게 몰아쳤다. 그래서 누가 온 줄 알고 문을 열어 봐야 할 때도 잦았다. 올 사람이라곤 검침원뿐이라는 것을 알면서도, 때론 밖에 아무도 없다는 걸 알면서도 문밖으로 고개를 내밀어 보곤 했다.

현은 방에 들어섰던 검침원들 중 하나였다. 누수 탐지기를 구석구석 가져다 대던 현은 방을 같이 구해 보는 건 어떻겠느냐고 물었다. 마치 누수 탐지기에서 나온 결과를 읽어 주는 것처럼 들리는 목소리였다. 나는 벽에 이어진 전선을 따라 시선을 돌리며 우왕좌왕했다. 어쩌면 누수된 곳을 찾아내려고 애쓰는 사람으로 보였을지도 몰랐다. 누수가 아니라면 아무것도 설명할 수 없다고 생각하는 사람처럼.

「감정 진단서가 필요 없는, 쓸 만한 빌라를 알고 있어요. 집주인도 믿을 수 있고요.」

현은 사정을 다 안다는 듯이 어깨를 으쓱했다. 나는 빌라까지 구할 형편이 못 됐다. 현은 얼마 되지 않는 보증금만 있을 뿐 다달이 나오는 월세를 혼자 감당하기 어렵다고 했다. 그제야 현에게 시선을 둘 수 있었다.

「그게 어딘데요?」

「분명 도움이 될 거예요.」

목소리 끝에서 현이 들고 있는 게 누수 탐지기가 아니라 감정 측정기라는 것을 알 수 있었다. 일반인들이 살 수 있는 기기는 아니었다. 국가에서 감시 목적으로 제공한 것이었다. 얼핏 보면 비슷하게 생겼지만 보호 관찰 대상자라면 한눈에 알아볼 수 있었다.

눈이 마주치자 현은 기다렸다는 듯이 말을 이었다.

「여기 머물면서 내는 월세로 서너 달은 버틸 수 있을 거예요. 서로 모르는 게 나을 불필요한 감정만 생기지 않는다면 나쁠 게 없죠. 가산점도 받을 수 있고요.」

모르는 게 나을 감정이 무엇일지 생각해 봤다. 분노나 슬픔일 수도 있었고 혐오일지도 몰랐다. 그때 나는 현과 내가 생각하는 감정이 서로 다를 수도 있다는 짐작은 하지 못했다. 단지 바람에도 흔들리지 않을 탄탄한, 몸을 구기면서 드나들지 않아도 되는 문이 있는 방에 머물고 싶다는 생각만 앞섰다. 현은 보호 관찰 대상자를 일반인보다 안전하다고 생각하는 쪽이었다. 그리고 시설에서 나와 혼자 사는 것보다 다른 사람들과 함께 어울려 사는 편이 사회 지수 증가 덕분에 심사에 유리하다는 것도 알고 있었다. 게다가 조건에 따라 보호 관찰 대상자끼리 아무 문제없이 산다면 가산점까지 받을 수도 있었다.

나는 하루라도 빨리 측정기를 떼어 버리고 표준 감정을 가진 일반인이 되고 싶었다. 현이라고 다를 리 없었다. 어쩌면 그 생각부터 잘못됐던 것일지도 몰랐다.

방에 있으면 밤낮을 구분할 수 없었다. 창은 하나뿐이었고 그나마도 벽과 마주보고 있었다. 그래서 하루에 밤이 아홉 번씩 찾아오는 방 같았다. 밤은 형광등으로 몰아낼 수 없을 만큼 견고했다. 형광등 빛은 밤을 조금 묽게 만드는 데 그쳤다. 그마저도 방 전체에 닿지는 않았다. 가장자리나 모서리마다 그림자가 뭉쳐 있었다. 예닐곱 명이 누우면 남는 공간이 없을 정도로 좁은데도 그랬다. 집주인은 쪼갤 수 있을 만큼 방을 쪼개 놓았다. 그나마 주방을 겸한 거실과 화장실이 따로 있다는 게 다행이었다.

좁은데다가 어둡기까지 한 탓인지 하루에도 몇 번씩 현과 부딪혔다. 팔꿈치와 옆구리가 스칠 때마다 현은 흐릿하게 웃었다. 깜짝 놀라거나 째려보는 것도 지쳐서 나오는 빈 웃음 같았다. 그나마도 눈여겨보지 않으면 놓쳐 버리기 일쑤였다. 그때마다 현의 감정 수치에 이상이 생겼을까 봐 조마조마했다. 집주인은 고작 반 평이 넓을 뿐인 옆방에는 세 사람도 아무 소리 없이 잘 살고 있다고 했다. 집주인이 거짓말을 하고 있는 건 아니라고 생각했다. 집주인이 말해주기 전까진 옆방이 비어 있는 줄 알았기 때문이다.

이사 온 날 나는 우리가 언제쯤 방 안에서 부딪히지 않을 수 있을지 떠올려 봤다. 어쩌면 부딪혀도 아무렇지 않을 때를 떠올렸던 것일지도 몰랐다. 아무리 어깨가 맞닿아도 감정 수치에 영향을 주지 않을 때. 생각을 이어 가던 중에도 이마와 어깨를 차례로 부딪쳤다. 현은 내가 밀어낸 것처럼 밖으로 나갔다. 곧장 현을 뒤쫓았고 어렵지 않게 따라잡을 수 있었다. 그길로 함께 동네를 둘러봤다.

현은 어디서든 가장 빠른 길을 찾아내느라 애써 왔다. 시간은 늘 부족했고 하루 동안 돌아봐야 할 구역은 정해져 있었다. 저녁에 방문하면 항의가 나올 수밖에 없었고 항의는 벌점으로 이어졌다. 언제부턴가 종종걸음은 버릇이 되었고 하루에도 몇 번씩 사과하느라 감정 수치는 엉망이었지만 어쩔 수 없었다. 담당자에게 다른 공공 근로를 요청해 보기도 했지만 돌아오는 대답은 짐작을 벗어나지 않았다.

「그만한 일로도 표준 감정을 유지할 수 없다면 어딜 가나 마찬가지일 겁니다. 정기 검진뿐만 아니라 심사에서도 좋은 결과를 기대할 수 없을 테죠.」

그래서 그날만큼은 딱히 정해 놓은 길 없이 무작정 돌아다니기로 했다. 멀리 돌아가는 길 앞에서도 망설이지 않았다. 하지만 얼마 지나지 않아 계속 같은 자리로 돌아왔다. 어느 방향으로 걷든 결국 하나로 이어진 골목이었다. 처음 본다 싶으면 아까 봤던 기사 식당이 나왔고 뒷길이 낯설어지면 눈여겨봤던 전봇대나 오로라문구사가 보였다. 그 와중에 중앙 시장을 통해 큰길로 나가는 방법만은 잊지 않으려고 여러 번 오갔다. 주변에는 비슷한 시기에 같은 모양으로 한꺼번에 지은 빌라가 많아서 몇 번째 빌라인지도 세 두었다. 그쯤 골목의 폭이 조금씩 달라진다는 걸 눈치챘다. 다섯 번째 같은 자리로 돌아왔을 땐 평지처럼 보여도 어딜 가나 경사가 있다는 것도 알 수 있었다.

눈을 감고도 큰길에 나갈 수 있겠다 싶을 때쯤 반대 방향으로 걸음을 옮겼다. 거기부턴 아예 다른 동네 같았다. 여기에 수선집이 있었나 싶으면 우체국이 불쑥 튀어나왔다. 이대로 가다 보면 해변이나 공장 지대도 나올 것만 같은 길이었다. 느닷없이 동물원이 튀어나온다고 해도 이상할 게 없었다. 밤이 한 겹 덮이자 길은 감정을 측정할 수 없는 표정을 지었다. 괜히 걸음이 빨라졌을 때 현이 손목을 움켜쥐었다. 순간 바스락거리는 소리가 들렸다. 나도 모르게 손을 잡아 뺐다. 현의 표정을 살피기도 전에 목소리부터 들렸다. 측정기에서 어떤 감정을 읽어 낼지 궁금해지는 목소리였다.

「더 가봐야 별거 없을 것 같은데요.」

우체국 너머는 도로 포장도 제대로 안 되어 있었다. 멀리 주차장 같은 게 보일 뿐이었다. 그나마도 차가 서너 대 서 있어서 든 짐작이었다. 얼핏 보면 그냥 벌판이었다. 벌판 끝을 가늠하다가 왔던 길을 되짚어 왔다. 경사가 있다는 걸 알고 나니 기울기가 선명하게 느껴졌다. 아까는 왜 몰랐는지 의아할 만큼 종아리에 힘이 들어갔다. 그사이 내내 말이 없던 현은 골목에 들어서자 입을 열었다. 어느새 가로등 빛이 우리 사이를 성기게 메우고 있었다.

「운교동에서도 밀려나면 정말 더는 갈 곳이 없어요.」

희미하게 고개를 끄덕였다. 현이 봤는지는 알 수 없었다. 밤은 그새 도톰하게 부풀어 올랐다. 현은 그저 목소리만 이어 붙일 뿐이었다.

「운교동이 무슨 뜻인 줄 알아요?」

「글쎄요.」

「구름을 걷는 다리란 뜻이래요. 웃기죠? 그저 언덕이 많은 동네일뿐인데.」

「이름을 예쁘게도 지어 놨네요.」

「처음엔 누군가 내 이름도 예쁘게 지었겠죠?」

현이 있는 쪽으로 몸을 틀었다. 그 바람에 걸음이 뒤틀렸다. 자칫하면 학예회에서 그랬던 것처럼 아래로 떨어질 것만 같았다. 겨우 현에게 기대 균형을 잡고 넘어지지 않을 수 있었다. 그제야 현은 늦췄던 걸음을 서둘렀다. 바람은 우리 주변을 서성이다가 성큼 멀어졌다.

「예쁘진 않더라도 최소한 의미는 있었으면 좋겠어요.」

현의 이름은 시설 원장이 멋대로 붙인 것이었다. 이전의 이름은 다른 것이었는데 부르기 어렵다는 이유로 바뀌었다. 현은 부르기 어렵다던 이름만은 끝내 기억해 내지 못했다.

그동안 현에게 붙여진 이름은 많았다. 원장이 바뀔 때

마다 이름이 달라졌다. 자기 자식과 이름이 비슷하거나 얼굴과 어울리지 않는다는 것이 이유였다. 언젠가는 효율적인 관리 차원에서 숫자나 알파벳으로 불린 적도 있었다. 이제껏 불려 왔던 이름을 떠올릴 때마다 현은 처음으로 주어졌던 이름을 알고 싶었다. 부모를 찾고 싶은 이유라곤 그뿐이었다. 현은 부모와 멀어진 순간 감정이 표준에서 조금씩 벗어났고 그때부터 모든 일이 낯선 매듭으로 꼬였다. 보호 관찰 대상자가 되자 보험료는 고객 과실로 올랐고 아르바이트 채용은 번번이 없던 일이 되었다. 하지만 감정 진단서에는 감정 측정 결과와 필요한 조치만 나와 있었다. 왜 그런 결과가 나왔는지에 대해서는 조금도 설명해 주지 않았다. 아무도 궁금해 하지 않기 때문일지도 몰랐다. 이해하는 순간 그 감정이 자기 몫이 되기라도 하는 것처럼.

어쩌면 내가 현에게 이유를 더 묻지 않았던 것도 그래서일까.

「대체 왜 버림받고 훼손당한 사람이 측정기를 달고 보호 관찰 대상자가 되어야 해요? 망설임 없이 버리고 떠난 사람들과 아무렇지 않은 표정으로 남의 감정을 멋대로

할퀴고 꼬집은 사람들은 내버려 두고.」

나는 여전히 현의 질문에 대한 답을 갖고 있지 않았다.

*

모자를 벗는다. 누군가 머릿속에 빨대를 꽂고 바람을 밀어 넣는 것만 같다. 머리를 짧게 잘라서 그런지도 모른다. 발밑에서 일렁이던 바람은 벌떡 일어나 허벅지와 허리를 덮친다. 온몸이 우수수 떨린다. 그림자가 잡고 뒤흔드는 것만 같다. 무대 아래에서 그랬던 것처럼.

무대 아래는 시선을 틀어도 그저 어두울 뿐이었다. 그래서 여전히 공중에 떠 있는 것일지도 모른다는 생각이 들었다. 팔을 힘껏 뻗어도 아무것도 잡히는 게 없었다. 퀴퀴한 냄새라도 맡으면 좀 나을 것 같아서 코를 벌름거렸지만 소용없었다. 그저 여러 사람이 함부로 바닥을 딛는 소리가 찍어 내리듯 몸을 짓누를 뿐이었다. 학예회 순서 중 하나가 끝난 모양이었다. 이제 누구든 한 사람이 빈다는 것을 알게 될 것이었다. 하지만 한참 동안 아무 소리도 들리지 않았다. 무턱대고 볼륨을 높여 놓는 바람에 쩌렁쩌렁하게 울리던 사회자 목소리도 끊어졌다. 그동안 발걸음 소리 사이사이 박혀 있었던 낮은 웃음소리를 붙잡고 있었다. 꼭 무대 아래에 누가 있는지 아는 것 같은 웃음이었다.

그쯤부터 웃음은 그림자를 불러왔다. 그림자는 몸을 뒤떨고 비틀어도 꿈쩍하지 않았다. 한쪽에 단단히 들러붙어 차곡차곡 덧대질 뿐이었다. 그림자의 두께를 생각하느라 얇은 종이옷이 한 겹씩 벗겨지는 줄도 몰랐다. 틈틈이 번지던 숨소리 아니, 어쩌면 웃음소리도.

키득거리는 소리가 아득하게 번지다가 조금씩 가까워진다. 귓가에 거의 다다랐을 때 얇팍한 목소리가 비집고 들어온다.

「거봐, 별수 없지?」

이어지던 웃음은 서두르지 않고 느긋하게 멈춘다. 남자는 예전에도 비슷한 웃음을 뱉은 적이 있었다. 첫 작업에 나갔을 때였다. 나는 현장에 도착하자 신발부터 벗었다. 곧 비명이 솟구쳤다. 누군가 억지로 내 입을 벌려 뽑아내는 것처럼 낯선 비명이었다. 울퉁불퉁하다가 이내 물렁

해지는 무언가를 밟고 있었지만 쉽게 발을 뗄 수 없었다. 남자에게 설명하려고 해도 마땅한 단어 하나 건질 수 없었다. 측정기처럼 명확하게 얘기하고 싶었지만 그럴수록 입 안에 돌이 가득 찬 것처럼 목소리가 나오지 않았다.

뒤따르던 남자는 나를 빗겨 성큼성큼 안으로 들어섰다. 안전화에 덧신을 신은 채였다. 나는 한동안 발뒤꿈치를 들고 지칫거렸다. 다시 운동화를 신고 그 위에 비닐봉지까지 씌우고 나서야 겨우 걸음을 내딛을 수 있었다.

한 달째 수도가 끊겼으니 사방에 오물이 넘쳐났다. 변기나 싱크대 근처는 악취가 이를 드러내고 있었다. 걸음을 옮길 때마다 악취는 콧속에 송곳니를 박아 넣었다. 남자는 내가 코를 감싸 쥘 때에도 키득거렸다. 그땐 차라리 조금이라도 빨리 악취에 무뎌지는 게 낫다는 걸 몰랐다. 걸음이 이어질수록 거치적거리는 비닐봉지를 벗어던지고 싶었지만 그럴 순 없었다. 방 안에 발자국이 남아선 안 됐다. 아무도 침입한 흔적이 없어야 했기 때문이다. 장갑을 끼고 모자를 쓰는 이유도 마찬가지였다. 지문이나 머리카락은 중요한 단서가 될 것이었다. 마스크도 빠뜨릴 수 없었다.

악취와 먼지 때문만은 아니었다. 현장에서 얼굴이 노출되면 곧치였다. 마스크는 얼굴에 촘촘히 박힌 감정도 숨겨줬다. 같은 감정이라도 노출되었을 때와 숨겨져 있었을 때 수치 변화는 달랐다.

남자가 덧신을 신지 않고 작업장에 들어설 경우는 하나뿐이었다. 그럴 땐 모자나 장갑도 착용하지 않았다. 도구도 간단했다. 망치 하나만 들고 나서는 남자를 본 적도 있었다. 세입자를 완전히 제거하고 빌라를 밀어 버리면 그만이기 때문이었다. 나는 아직 그런 현장에 투입된 적은 없었다. 일당이 세서 탐나긴 했지만 소장은 좀처럼 내보내주지 않았다. 적당한 때를 노려 보자고 했지만 그때는 영영 오지 않을 것처럼 멀게 들렸다. 어쩌면 기준 감정에 맞지 않기 때문일지도 몰랐다. 그런 현장에 맞는 기준 감정을 짐작해 봤지만 그럴수록 모호하기만 했다.

또 남자가 보이지 않는다. 근처에 있는 건 확실하다. 군내가 풍긴다. 사무실에서보다 더 지독해진 것 같다. 그래도 현장에서 나는 악취보단 낫다. 아무리 씻어도 악취는 빠지지 않았다. 거기에 빌라 한쪽이 무너지면서 피어오르던 먼지까지 엉겨 붙었다. 서너 번 샤워를 해도 꺼림칙한 건 달라지지 않았다. 이제 좀 괜찮아졌나 싶으면 어느새 또 악취가 퍼졌다. 여기저기 킁킁거려 봐도 어디서 나는 건지 알 수 없었다. 그때 현은 상냥한 검침원의 목소리로 머리에서 냄새가 나는 거라고 일러 줬다.

머리를 여러 번 감아 봤지만 깊숙이 고인 것까진 끄집어낼 수 없었다. 물이 닿으면 두피 아래에 숨어 있다가 마르는 순간 다시 기어 나오는 게 아닐까 싶었다. 그제야 인부들이 왜 죄다 짧은 머리를 하고 있는지 알 수 있었다. 현장에 머리카락을 남기지 않기 위해서라도 짧은 머리가 편했다. 처음에는 그저 험악한 인상을 풍기기 위한 것인 줄만 알았다. 남자는 뭐든 미리 일러 주는 법이 없었다. 몸에서 냄새가 잘 안 빠진다는 투덜거림도 왜 다들 짧은 머리를 하고 있냐는 질문도 낄낄거리며 흘려들을 뿐이었다. 마치 그런 방식으로 감정을 조절하는 사람 같았다.

눈앞에서 화면이 켜진다. 남자의 얼굴이 희끄무레 드러나는가 싶더니 금세 사라진다. 멀리서 다시 화면이 반짝인다. 한 바퀴 반쯤 돌다가 또 꺼진다. 한참 지나 바로 옆에서 남자 얼굴이 환해진다. 그러다 말을 걸 틈도 없이 떨어져 나간다. 아까보다 더 먼 곳에서 빛이 보인다. 너무 멀어서 남자의 것인지 알 수 없다. 하지만 남자가 아니라면 빛을 낼 사람은 없다. 아니, 그건 확신할 수 없다. 불만 꺼져 있을 뿐 근처에 세입자들이 숨어 있을 수도 있다. 그때도 무대 아래에 누군가 있을 줄은 몰랐다. 돌이켜 보면 숨어들고자 작정하면 숨지 못할 것도 없었다.

아무래도 그쪽으로 오라는 신호인가 싶어서 몸을 튼다. 가방에서 청소 도구끼리 부딪혀 덜그럭거리는 소리가 유난히 크게 울린다. 세입자는 끌려 나간 게 아니라 보상금을 넉넉히 받고 자기 발로 걸어 나간 것이어야만 했다. 그러기 위해선 방 안이 정갈해야 했으므로 빗자루나 쓰레받기 정도는 챙겨 가야 했다. 빛이 있던 쪽으로 걸음을 떼려는데 다시 컴컴해진다. 가만히 서서 여기저기 반짝이는 화면을 보고 있을 수밖에 없다. 어둠에 얼룩처럼 작은 빛이 생겼다 스며들고 다른 자리에 또 생긴다. 이내 빽빽한 어둠만 가득 찬다. 어떤 무늬도 그려낼 수 없을 것처럼 어둠은 다부지게 버티고 있다. 불 꺼진 방에서도 보던 벽도 그랬다.

집주인은 싼 월세를 내세워 도배와 장판을 해주려 하지 않았다. 장판은 쓸 만했지만 도배는 새로 해야만 했다. 이전 세입자의 가구 배치를 짐작할 수 있을 정도로 자국이 남아 있었고 무엇보다 꺼멓게 핀 곰팡이 자국이 넓게 퍼져 있었다.

현은 무늬 없는 벽지로 골라 왔다. 자세히 보면 무늬가 아예 없는 건 아니었지만 조금만 떨어져서 보면 흰색과 다름없었다. 나는 너무 밋밋하지 않느냐고 물었다. 한편으론 시설에서 종일 마주 보던 벽처럼 보여 꺼려지기도 했다. 아무 공격도 하지 않을 것처럼 보였지만 그래서 어쩐지 의뭉스러웠던 벽. 차라리 건물 외벽이 나았다. 숨기는 것 없이 솔직하기라도 했으니까.

「무늬가 화려하면 아무리 더러워져도 보이지 않잖아요. 그건 좀…… 무섭지 않아요?」

현의 표정은 뭔가에 쫓기고 있는 사람처럼 보였다. 그래서 애써 그럭저럭 나쁘지 않을 것 같다고 했다. 여전히 나 때문에 현의 감정이 표준에서 벗어나는 걸 원치 않았다. 그건 현도 마찬가지였을 것이다.

방에서 보내는 밤이 켜켜이 쌓이면서 현과 충돌하기도 했다. 그때마다 적당히 타협할 수 있는 지점을 찾아내려 애썼다. 창문 아래 책상을 놓을지 아니면 이부자리를 놓을지 정하던 순간이나 욕실 매트를 고르고 마트에 진열된 국자 앞에서 멜라민과 실리콘 재질 사이를 오가던 순간. 환기를 위해 외출할 땐 화장실 문을 열어 놓는 것과 위생상 늘 닫아 두는 것 사이 같은. 그건 현을 향한 예의나 배려일 수도 있었고 어쩌면 심사에서 낮은 사회 지수가 문제될지도 모른다는 공포나 두려움에 가까울 수도 있었다. 그 때문에 현이 화장실을 쓰고 나면 늘 샤워기 호스가 꼬여 있었어도, 번번이 젖은 욕실화를 세워 두지 않고 가스 밸브 잠그는 걸 잊어도 잠자코 있었다. 화장실문이 열려 있을 때도 그랬다. 겨울을 빼고 화장실 문은 늘 닫아 두기로 했다. 대신 평소 화장실 창문은 열어 두고 화장실을 쓸 때만 닫는 걸로 의견을 모았다. 하지만 현은 자주 규칙을 잊었다.

어쩌면 현도 내 사소한 습관 중 일부를, 어쩌면 거의 대부분을 애써 모르는 척해 왔을지도 몰랐다. 한쪽은 어차피 내 집도 아니고 언젠간 떠날 텐데 대충 버티자는 심정이었고 다른 한쪽은 사는 동안만이라도 제대로 살자고 생각했다. 현과 나의 입장은 때때로 겹쳤고 그만큼 어긋나면서 뒤바뀔 때도 많았다.

확실하게 겹친 생각은 되도록 저렴하거나 중고로 방을 채우자는 것뿐이었다. 주워 온 의자는 앉을 때마다 삐걱거렸고 서랍장은 제대로 닫히지 않았다. 특히 두 번째 서랍은 한 번에 열리는 법이 없었다. 한쪽이 깨져 있어서 그런지 보온이 되지 않는 전기밥솥과 냉동이 시원찮은 냉장고는 끝내 바꾸지 못했다. 가끔 흑백 화면이 나오는 텔레비전도 그대로였다. 그러고 보면 현과 나는 동네 다른 세입자들처럼 그 방에서 그다지 오래 살 생각이 아니었던 것 같다. 나중에야 알았지만 골목마다 보호 관찰 대상자들이 몰려 사는 동네였다. 현이 말한 믿을 수 있는 집주인이라는 사람도 보호 관찰 대상자였다. 다들 곧 골목을 빠져나갈 거라고 생각했지만 몇 년이 지나도 보이는 얼굴들은 비슷비슷했다. 현은 이 골목에 사는 게 도움이 될 거라고 말했다. 이제 와서 현의 생각이 맞았는지에 대해서는 어떻게 얘기해야 할지 모르겠다. 화분에 대해서도 마찬가지다.

현이 화분을 두도록 내버려 둔 건 두려움이었을까. 아니면 연민이나 슬픔이었을까.

화분을 크기별로 사다가 세워 놓았을 때 현이 배려해 줬던 순간을 떠올렸다. 신발장 한 칸을 양보해 줬다거나 빵을 좋아하지 않는데도 오로지 나 때문에 공동 생활비에서 중고 토스터기를 사준 순간 같은. 집주인은 온수가 시원찮은 보일러를 봐주러 왔다가 온수가 아예 안 나오는 것은 아니니 올겨울만 버티라는 말을 전하면서 토스터기에 시선을 꽂았다. 마치 멸종되었다고 알려진 동물을 발견한 사람 같았다. 현이 왜 그러시냐고 묻자 집주인은 시선을 틀었다.

「세입자 중에 토스터기 둔 사람은 처음 봤어요.」

집주인은 화분을 두고서도 비슷한 말을 했다. 방에선 어떤 식물도 제대로 자라지 못할 텐데도 현은 현관 쪽에 화분을 늘어놓았다. 다섯 개나 되는 화분만 없으면 그 자리에 건조대를 세워 둘 수 있었고 그럼 빨래를 더 널 수도 있었다. 겨우 문밖에 두는 것으로 의견을 모았지만 볼 때

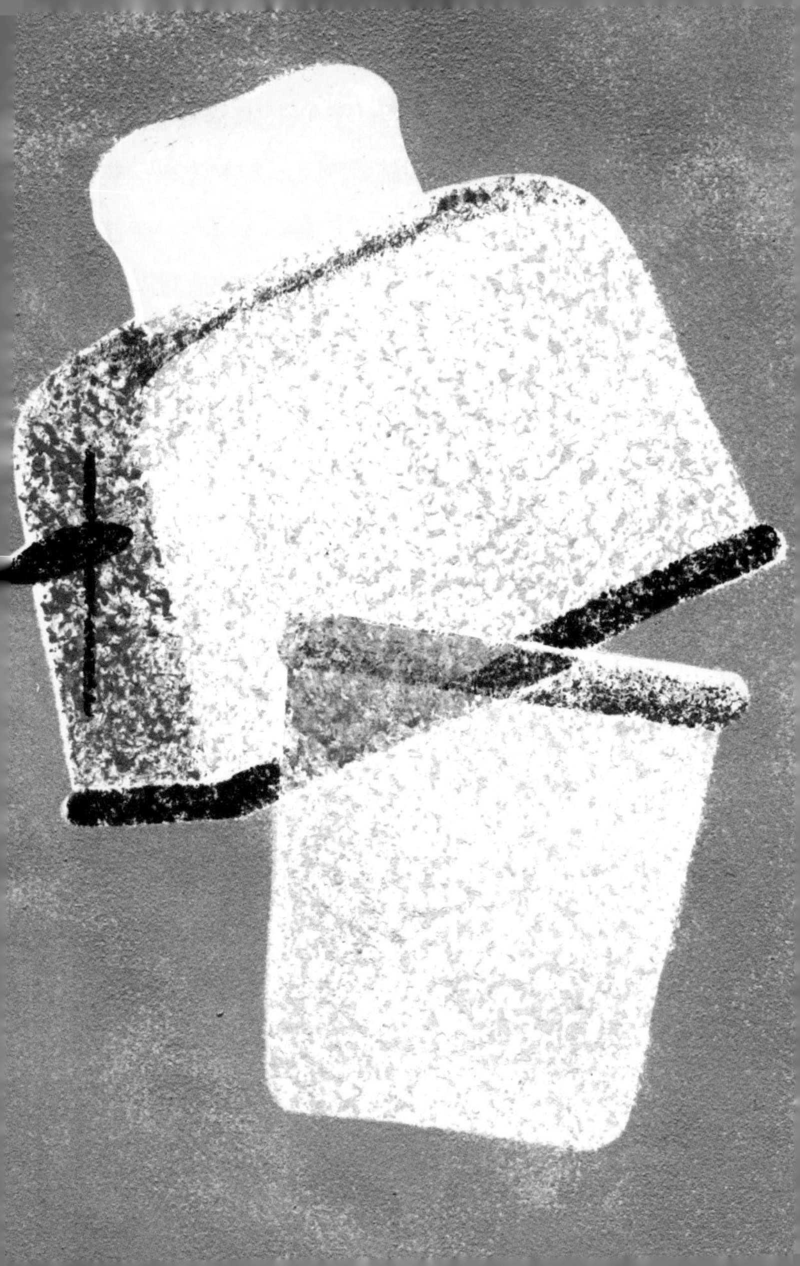

마다 석연찮았다. 현은 곧 뭐라도 심을 거라고 했지만 일자리를 옮길 때까지도 빈 화분이었다.

공과금과 월세를 대여섯 번쯤 나눠 냈을 때 현은 검침원을 그만두고 고객 센터에 나가야 했다. 보호 관찰 대상자에게 고객 문의를 받고 안내하는 일은 돌아다니면서 검침하는 것보다 불리했다. 문의는 요구와 불만에 가까웠고 그중 무분별한 것도 많았다. 그만큼 표준 감정을 유지하려면 신경을 곤두세워야 했다. 화장실도 정해진 시간에만 갈 수 있다 보니 스트레스나 우울 수치는 종잡을 수 없었다.

현은 고객 센터에 나가는 동안 차라리 고객이 분명한 욕설이나 성희롱을 해주길 바란다고 한 적도 많았다. 그래야 전화를 먼저 끊어도 벌점이 부과되지 않기 때문이었다. 하지만 고객의 과실이 확실히 인정되는 범위는 좁았고 여전히 〈노래 한 곡 잘 뽑으면 건의 사항은 없던 걸로 해줄게〉 같은 능글맞은 목소리에선 그저 사과할 수밖에 없었다. 그쯤 현은 바늘에 찔려도 웃을 사람 같았고 잠꼬대마저 사근사근했다.

그러니 고객 센터에 배정받았다는 건 다른 치료를 병행해야 한다는 뜻이었다.

「저는 충분히 친절했습니다.」

「저도 그렇게 생각합니다. 지금도 그래 보입니다.」

현은 입술을 적시고 입가를 끌어올리며 물었다.

「그럼 뭐가 문제죠?」

「고객이 친절하다고 생각하지 않는 거죠. 지난달 고객님 댁에 들어가기 전 인사 빼먹은 적 있죠? 먼저 실례한다고 말씀드리고 소속과 이름을 밝힌 후 들어갔어야 합니다. 거기다 표정은 또…… 뭐, 그건 벌점 정도면 된다고 해도 중요한 건…….」

담당자는 자기 때문에 현의 감정 수치가 변하지 않기를 바라는 것처럼 내내 차분했다. 이어서 질감을 숨기기 위해 여러 번 가다듬은 것처럼 매끄러운 목소리를 냈다. 이미 수많은 사람들에게 말해 왔던 것처럼 목소리는 한 번도 망설이거나 끊어지지 않았다. 그래서 담당자는 서류를 보고 읽는 것처럼 보였다.

다른 이유라면 한 가지뿐이었다. 건강한 감정을 가진

검침원을 강조하며 수시로 실시하는 감정 검진에서 현은 분노와 경멸이 동시에 섞여 나왔다. 기준보다는 낮은 수치였지만 결과에 나왔다는 것만으로도 문제 삼을 수 있었다. 기관에서는 이왕이면 보호 관찰 대상자 중에 수치가 가장 낮은 사람을 쓰고 싶어 했다. 담당자는 높낮이 없는 목소리를 이어 나갔다.

「가스나 수도를 다루는 일이니 이해 바랍니다.」

현은 재검까지 수치를 낮출 수 있다고 했지만 담당자는 믿지 않는 눈치였다. 그러기 위해선 호르몬 치료나 고급 치료기가 필요했고 관리실도 꾸준히 다녀야 했다. 거기엔 돈이 필요했고 면담에서 알게 된 현의 사정이야 빤했다. 그래서 시도 때도 없이 분노하거나 흥분하는 사람을 두고 가난해서 감정 관리를 제대로 받지 못한 사람으로 보기도 했다. 꼭 그런 건 아니지만 딱 잘라 아니라고도 할 수 없었다. 담당자도 현이 목소리를 높이면 비슷한 생각을 할지도 몰랐다. 다만 어디까지나 고객은 예외였다. 고객은 언제나 이성적이었고 틀리지 않았다. 차라리 그렇게 생각하는 게 편할 때도 있었다.

담당자는 현의 어깨를 한 번 툭 치는 걸로 작별 인사를 대신했다. 현의 어깨를 움츠리지 않고 곧게 펴기 위해 안간힘을 썼다. 담당자가 현을 지나치고 나서야 온몸을 늘어뜨릴 수 있었다. 자체적으로 실시한 검사라 감정 진단 결과가 기록에 남지 않는 걸, 다른 일자리라도 연결시켜 주는 걸 그나마 다행으로 여겨야 할지도 몰랐다.

「그런데 한 가지 의아했던 게 있습니다.」

담당자는 돌아서지 않은 채로 말했다. 돌아선 쪽은 현이었다.

「복지나 시급이 나쁜 편도 아니고 그다지 까칠한 고객을 상대한 것도 아닌데 왜 그렇게 화가 난 겁니까?」

현이 대답을 망설이는 사이 담당자는 걸음을 옮겼다. 딱히 대답을 기대했던 건 아니었는지 걸음은 고르게 이어졌다. 어쩌면 뒤에 하고 싶었던 말이 더 있었을지도 몰랐다.

그래서 당신은 보호 관찰 대상자인 겁니까?

담당자가 말한 복지는 분기별로 실시하는 명상 프로그램이나 감정을 누그러뜨릴 수 있는 심호흡법이 담긴 안

내문을 나눠 준 일을 두고 하는 말일 것이다. 한 시간짜리 프로그램은 단순했고 참여할 수 있는 사람은 소수였다. 일하는 중에 심호흡을 할 시간은 없었다. 하지만 현은 문이 닫힐 때까지 아무 목소리도 내지 못했다. 그러자 담당자의 질문에 대답할 수 없어서 보호 관찰 대상자로 남은 건지도 모른다는 생각이 들었다.

현은 나쁘지 않은 복지 덕분에 받을 수 있었던 위로금으로 치료기를 샀다. 고급형까진 아니었지만 그래도 제일 잘 나가는 모델 중 하나였다. 그나마도 기기 값의 절반만 지불할 수 있었다. 나머지는 할부로 갚아 나가야 했다. 예전에 현은 적어도 반년은 버틸 만한 돈이 있었다. 그래서 정말, ……정말 힘들면 그만둬도 된다는 생각으로 견딜 수 있었다. 하지만 이젠 치료기 할부금 때문에라도 고객센터를 쉽게 그만두지 못했다. 할부금은 월세나 공과금과 함께 잊지 않고 꼬박꼬박 찾아왔다.

치료기는 국가에서 제공해 준 것과 다르게 아무 때고 감정을 측정해 볼 수 있었다. 치료기를 손에 쥐면서 현의 입장은 달라지는 듯했다. 종일 웃으면서 나긋한 목소리를 내는 게 얼마나 고된 노동인지 보여 줄 수 있었기 때문이다. 그렇다고 고객이 〈내가 고작 그깟 돈 몇 푼 때문에 이러는 것 같아? 그렇게 사람 볼 줄 모르니까 네가 그 꼴이지〉라고 했을 때 바로 감정을 측정할 순 없었다. 어쩌면 고객은 그 자리에서 감정을 측정해 볼지도 몰랐다. 그리곤 객관적인 불쾌와 모멸 수치를 센터에 제출할 것이었다. 그러면 현은 일자리를 잃을 수도 있었다. 센터에서 고객보다 현의 감정 측정 결과에 초점을 맞출 리 없었다.

공공 근로에서 제외되면 정기 검진 결과가 아무리 좋아도 심사에서 감점은 피할 수 없었다. 게다가 쫓겨난 보호 관찰 대상자를 써줄 개인 사업체도 드물었다. 최근엔 의무적으로 고용해야 하는 인원마저 맞추지 않는 업체도 많았다. 그렇다고 감정이 정확하게 표준에 맞춰진 사람보다 몇몇 측정치가 불안정한 사람을 선호하는 업체가 좋은 것도 아니었다. 대부분 구린 구석이 있거나 낮은 인건비를 노리는 업체였다.

현은 퇴근할 때마다 감정을 측정해서 일하기 전보다 모욕이나 슬픔, 불쾌가 높아진 결과를 센터장에게 제출했다. 처음에는 개인 치료기로 나온 거라 신뢰할 수 없다고 해서 감정 검진 센터에 다녀오기도 했다. 공식 검진은 보험 혜택으로 저렴했지만 횟수에 제한이 있었고 기록에도 남아서 비공식으로 진행했다. 감정 검진 센터에서는 혈액뿐만 아니라 홍채와 표정, 심박 수, 혈압, 뇌파, 심리 검사를 종합해서 신뢰할 만한 결과를 내보냈다. 하지만 뚜렷한 외상이 아니라면 결과는 거의 받아들여지지 않았다. 손목이라도 긋거나 스트레스성 위염이라도 나와야 했다. 그마저도 일이 원인이라는 것을 스스로 입증해야 했다.

센터장은 가장 높은 수치를 차지하고 하고 있는 우울을 가리켰다.

「꼭 일할 때 생긴 감정이라고 단정 짓긴 어렵죠.」

상담원을 뽑을 때 보호 관찰 대상자 중에서 유쾌함이나 긍정이 높게 나온 사람을 우선 선발하는 것과는 사뭇 다른 태도였다. 이어서 센터장은 짓궂은 농담을 들은 사람처럼 힘껏 웃으면서 표정을 조금씩 비워 냈다.

「그런 소문이 있다는 건 알지만 사실과는 달라요. 우리는 공평하게 뽑으려고 무척 애쓰고 있어요. 그중 가산점을 주는 사람은 따로 있죠.」

말이 끝나고 나서도 현은 한참 머뭇거리다가 돌아섰다. 뒤에서 센터장은 중얼거렸다. 혼잣말 같았지만 꼭 현에게 가산점을 받을 수 있는 사람이 되라는 것처럼 들렸다.

「요즘 젊은 것들은 툭하면 감정 진단서 내밀면서 따지고 드니 어디 무서워서 사람 쓰겠어요? 그렇게 노력은 안 하고 상황만 탓하니까 다들 보호 관찰 대상자가 되는 거죠. 나는 감정이 없어서 가만히 있는 줄 알아요? 나중엔 말이죠……」

현이 돌아섰을 때도 센터장은 목소리를 낮추지 않았다.

「감정을 쓰는 일도 전부 기계가 대신할 거예요. 그러니까 감정이라도 팔 수 있을 때 열심히 파세요. 되도록 건강한 감정을.」

센터에서 말하는 건강한 감정의 기준은 현의 생각이나 국가에서 정한 표준 수치와는 좀 다른 듯했다. 정기적인 감정 검진이 상담원의 건강이 아니라 고객 만족 때문이라거나 복종심과 인내심을 따로 측정해 본다는 건 공공연한 사실이었다. 복종심은 신앙심처럼 측정이 금지된 감정이었다. 하지만 그동안 지정된 검진 센터에서만 진행했으므로 충분히 가능성 있는 얘기였다. 그쯤 복종심을 높이는 방법을 찾으려는 사람들이 생겼다. 하지만 복종심을 높여도 일자리를 잃는 사람들은 끊이지 않았다. 그러자 결과를 조작한다는 소문이 돌았다. 거슬리는 상담원이 있으면 감정 검진 결과를 조작해 근무에 부적격하다는 판정을 내린다는 것이었다. 하지만 센터장이 숨기고 싶어 하는 얘기는 다른 데에 있었다. 보호 관찰 대상자 중에서도 가산점을 주면서까지 선호하는 사람이 따로 있다는 것이었다. 그것만은 소문으로 돌지 않았다.

「헛소문은 아니었군. 밖에 사람이라곤 보이지 않으니.」

남자의 목소리에는 쉿소리가 잔뜩 끼어 있다. 이제 남자는 내 주위를 돌면서 길을 찾고 있는 것 같다. 아직 내가 아는 쪽으론 가지 않았다. 밤이 진해지자 순식간에 졸음이 몰려온다. 졸음을 내쫓으려 남자와 해왔던 작업을 떠올리면서 순서를 되짚어 본다.

문을 열면 일단 불부터 꺼야 했다. 처음부터 불이 꺼진 집도 많았다. 어두우면 악취와 소음이 한꺼번에 몸집을 키웠다. 이때다 싶어 시큼한 액체를 뿌려 대는 사람도 있었다. 그래 봐야 고작 간장이나 식초였다. 좀 더 독하게 맘을 먹은 사람은 오줌이나 고춧가루를 뿌리기도 했다.

만약 현이라면 후춧가루 정도는 뿌릴 수 있을까.

문 뒤에는 어김없이 프라이팬을 들고 있는 사람이 버티고 있었다. 눈이라도 마주치면 일시적으로 감정이 흐트러질 수 있어 단단히 주의해야 했다. 자칫 작업만 벌여 놓고 일당은 못 챙길 수도 있었다. 그때마다 나는 남자의 밋밋한 얼굴만 보려 애썼다. 그러면 모든 게 다 헛것이라는 생각이 들었다. 그 순간만 넘기면 작업은 수월해졌다. 남자는 시범을 보이듯 쿵쾅거리며 앞으로 달려갔다. 일부러 바닥을 딛을 때마다 힘을 주는 듯했다. 그쯤이면 식칼을 들고 있던 사람이라도 주저앉았다. 표정을 보면 감정 측정 결과가 어떨지 짐작하고도 남았다. 어느 순간 두려움이 분노를 뚫고 짓이기는 표정.

남자의 작업은 세입자의 목을 단단히 틀어쥐는 것부터였다. 어지간하면 주먹이나 도구는 쓰지 않았다. 도구를 쓰면 작업할 때 피를 묻히기 일쑤였다. 뭐든 피가 묻으면 가치가 떨어졌다. 텔레비전이든 침대든 냉장고든. 피가 묻어서 좋을 건 아무것도 없었다. 세입자를 밖으로 끄집어내고 난 다음에 이어지는 후반 작업 때문이었다. 중고 시장에 내놓을 것을 물색하는 후반 작업이 일당보다 짭짤할 때도 잦았다. 남자와 나는 이런 식으로 소장 몰래 이득을 챙겼다. 소장도 알고 있는 눈치였지만 작업에 지장을 주지 않는다면 딱히 뭐라고 하지는 않았다. 감정 조절에 방해가 될지도 모른다는 생각 때문일 수도 있고 남자와 나도 그만한 소장의 비밀쯤은 알고 있었기 때문일 수도 있다.

업자는 형태가 온전하고 오물이 덜 묻을수록 값을 잘 쳐줬다. 하지만 불을 켤 수 없는 야간작업에서는 괜찮은 물건을 제대로 건질 수 없을 때도 있었다. 분명 세입자를 곱게 끌어냈다고 생각했는데 냉장고 여기저기 피가 묻어 있거나 가구에 손톱자국이 길게 이어져 있었기 때문이다. 그럼 업자에게 받을 수 있는 돈은 절반으로 깎였다. 그나마도 값나가는 물건이 있을 때 얘기다.

오늘은 후반 작업이 거의 없을지도 모르겠다. 짐작하는 방이라면 더 그럴 것이다. 문득 소장이 오늘 작업을 두고 했던 말이 떠오른다.

싱거운 밤이 될 테니.

이제 남자는 현장으로 가는 길을 찾은 모양이다.

*

야간작업이 이어지면 밤이 잡아끄는 것처럼 몸이 늘어졌다. 몸속에 밤이 가득 차서 한쪽으로 기울어지는 것도 같았다. 방에 들어오면 곧장 모로 눕기 일쑤였다. 현은 나를 피해 까치발로 서성였다. 성긴 걸음으로 주방 쪽으로 몸을 틀어 냉장고를 열어 보거나 화장실에 다녀왔다. 곁눈질로 보면 동물을 흉내 내는 것처럼 보였고 오래전 유행했던 춤을 추는 것처럼 보이기도 했다.

가끔 서로 리듬이 엉켜 현과 같은 방향으로 다리를 뻗

거나 돌아누우면 몸이 닿기도 했다. 발목과 손바닥이, 허벅지와 어깨가 일순 겹쳐졌다. 짧게 자른 내 머리와 닿을 때면 현은 움찔하면서 벽에 바짝 붙었다. 그럴 때 보면 꼭 작업 현장에서 본 사람들의 표정 같았다. 어떻게 하면 감정 수치를 흐트러뜨려 작업을 방해할 수 있을지 궁리하던 사람들.

처음에 현은 자기 때문에 내 감정이 엉망이 될까 봐 양치질을 하거나 신발을 벗을 때도 신중한 사람이었다. 고객 센터에서 짓던 표정을 집에 와서도 풀지 않았다. 도리어 더 팽팽하게 잡아당겼다. 퇴근이 늦어질 거라는 얘기도 생기 넘치는 목소리로 전했다. 하지만 시간이 지날수록 현은 내 감정을 헝클어뜨려 놓고 방치했다. 여전히 화장실만 다녀오면 꼬여 있던 샤워기 호스가 그랬고 활짝 열린 화장실문이나 번번이 잠겨 있지 않은 가스 밸브가 그랬다. 예전에는 며칠쯤 기다려 줬지만 언제부턴가 공과금이 하루라도 밀리면 그때마다 날선 목소리를 뱉기도 했다.

감정 측정 결과를 보여 줄 때도 많았다. 목소리는 결과를 그대로 담고 있었다. 그럴 땐 마치 물건 하자로 반품

하려는 고객 같았다.

「번번이 미루시면 제가 난처하겠죠?」

목소리 끝은 내 감정도 보여 달라는 것 같았다. 어쩌면 그것이 깊은 관계의 시작인 동시에 갈등을 한 겹 벗겨내는 일일지도 몰랐다. 젖은 욕실화를 신었을 때나 미뤄둔 설거지에서 퀴퀴한 냄새를 맡았을 때 측정한 감정을 공유하는 것. 하지만 내내 입을 다물고 있었다. 그때까지도 측정 결과를 입 밖으로 꺼낸 적은 없었다. 현에게는 그마저도 거슬렸던 것 같다. 그걸 알았을 때도 얼버무리기만 했다. 어쩌면 거기서부터 조금씩 어긋났던 것일지도 모르겠다. 아무리 여러 겹 덧댄 종이옷이라도 한 번 찢어지기 시작하면 결국 맨살을 드러내고야 마는 것처럼.

현을 피해 몸을 잔뜩 웅크렸다. 그게 신호가 된 것처럼 현이 말했다.

「어차피 나갈 거 버티지 말고 깔끔하게 나가면 서로 덜 힘들 텐데요.」

현이 서성이는 쪽으로 고개를 조금 비틀었다. 그 말이 나를 두고 하는 말인지 현장에서 버티고 있는 세입자를 향한 말인지 헷갈렸다. 한동안 우물거리다가 떠듬떠듬 목소리를 냈다. 절반쯤은 웃음에 뒤섞여 농담처럼 들릴 목소리였다.

「그러면 제가 할 일이 없죠. 내쫓는 게 아니라 아예 제거하는 작업이 더 쉽다고는 하더라고요. 시간도 얼마 안 걸리고 돈도 많이 받고.」

현에게도 농담처럼 들리길 바랐다. 하지만 현의 표정은 한 번도 본 적 없었던 무늬로 일렁이다가 차츰 가라앉았다. 가만히 두면 벽지와 구분할 수 없을 것만 같았다. 그러자 벽 전체가 현이 짓는 표정이 되었다.

「아무리 그래도 그런 작업까진 나가지 마세요.」

「어차피 끼워 주지도 않는걸요.」

그 말이 기회만 되면 작업에 나가고 싶다는 말처럼 들릴 수도 있겠다는 생각이 들었다. 어떤 말을 해야 정확한 의미에 닿을 수 있을지 떠올려 봤지만 소용없었다. 정확한 의미가 무엇인지도 알 수 없었다. 그동안 현은 신중하게 대답을 고르는 눈치였다. 이어지는 현의 목소리는 예상했던 것과는 좀 달랐다.

「누가 그러던데요. 태극기 같은 걸 붙여 두면 함부로 부수지 못할 거라고.」

현은 그럼 몸에도 태극기를 두르고 있으면 되지 않느냐고 덧붙였다. 태극기를 찢고 짓밟을 순 없을 테니까. 나는 바람 빠지는 소리를 내며 슬그머니 웃었다. 나중에야 웃음이 현을 무시하는 것처럼 보였을 수도 있겠다는 생각이 들었다.

「다들 망설일 거라고 생각하죠. 그런데……」

그때 돌아서던 현의 숨이 목덜미에 끼얹어졌다. 늘어졌던 몸이 곧추서는 기분이었다. 현은 몸을 일으켜 세우려고 했지만 그럴수록 빠르게 균형이 깨졌다. 그동안 내 목소리는 사이사이 어그러졌고 이내 구멍이 생겼다. 자세를 바로잡은 현은 내가 어느 쪽인지 알겠다는 듯 성큼 물러났다.

우리가 감정 측정 결과를 공유해야 했던 단 한 순간이 있었다면 그때가 아닐까.

그날 이후 현과 나는 방에서 한 번도 부딪히지 않았다. 한 사람이 가만히 있으면 부딪히지 않을 수 있다는 걸

깨달았기 때문이다. 그때부터 공과금은 정확한 날짜에 나눠 냈다. 샤워기 호스는 더 이상 꼬여 있지 않았고 젖은 욕실화도 늘 세워져 있었다. 가스 밸브가 열려 있거나 아무도 없는 화장실에 창문이 닫혀 있는 일도 없었다. 그걸로 아무 문제가 없을 줄 알았다.

멀리 불빛이 다가온다. 또 남자인가 싶은데 불빛의 형태와 세기가 좀 다르다. 요란한 엔진 소리가 바람에 섞인다. 불빛이 거의 나를 덮칠 만큼 커졌을 때 오토바이 한 대가 바짝 비껴간다. 자세히 보지 않으면 불빛 하나가 쌩하니 지나가는 것처럼 보인다. 그 바람에 예전에 자주 드나들던 골목이 드러난다. 손전등으로 훑었을 때는 닿지 않던 자리다. 남자도 본 것 같다.

골목 입구가 완전히 드러난 순간 오토바이가 멈춘다. 누군가 내려 뭔가를 싣는다. 거기까지 알 수 있을 뿐 뭘 싣는지 몇 살쯤 먹은 사람인지는 알 수 없다. 헬멧이 지나치게 크다는 것까지 봤을 때 남자의 목소리가 울린다. 마치 여러 사람이 한꺼번에 내지르는 함성 같다.

「여기네, 여기! 어우, 도통 뭐가 보여야 말이지.」

남자는 화면을 세차게 흔든다. 그쪽으로 가려는데 공중인 듯 걸음이 엇갈린다. 몇 걸음 더 내디뎌 보지만 다부지지 못하고 내내 겉돈다. 건물 꼭대기가 눈에 들어온다. 건물 아래는 지워 놓은 것처럼 검다. 시선이 뒤틀어진다. 이젠 한 걸음도 떼기 어렵다. 공중에 뜬 사람처럼 허둥댄다. 몸에 닿는 건 아무것도 없다. 무대 아래로 떨어졌던 순간에서 조금도 벗어나지 못했다는 생각이 든다. 손을 내밀어 보지만 잡히는 건 없다. 아예 온몸을 힘껏 뻗어 보고 싶지만 그럼 한 겹 남은 종이옷마저 찢어질 것 같다. 다시 발자국 소리가 찍힌다. 이번엔 옆에서 나는 소리인지 위에서 내리누르는 건지 알 수 없다. 어쩌면 정말 내가 내는 소리일지도 모른다.

어느 순간 남자가 어깨를 친다. 내가 남자에게 밀려간 건지 남자가 온 건지 헷갈린다. 목소리가 아니었다면 남자인 줄도 몰랐을 것이다.

「손전등은?」

손전등을 켜보니 허약하던 불빛마저 스르르 사그라

진다. 여분 배터리는 아껴 뒀다가 현장에 가서 써야 한다. 남자는 화면에서 나오는 불빛을 바닥에 비춘다. 그럭저럭 쓸 만한 빛이다. 남은 길은 그 빛을 따라 가야 할 것이다.

그새 야경이 더 엉성해졌다. 골목 안으로 들어서니 그마저도 보이지 않는다. 앞서 가는 남자는 빛을 다 막고 있다. 바닥을 딛는 소리로 남자와의 거리를 가늠한다. 부딪히지 않게 조심하면서도 너무 떨어지진 않도록 걸음을 조절한다. 어두침침해서 적당한 거리가 유지되고 있는지 알 수 없다. 그래도 용케 넘어지진 않는다. 휘청거리거나 어딘가에 부딪히는 건 남자다. 나는 경사가 달라지는 지점이나 쓰레기를 쌓아두는 모퉁이를 다 알 것 같다. 왼쪽에는 녹이 슬어 반쯤 허물어진 난간이 있을 것이다. 짐작은 매번 맞아떨어진다. 아무래도 그 골목이 맞는 것 같다. 이대로라면 현장에 도착했을 때 기준 감정에 도달하지 못할 수도 있다. 남자가 말이라도 걸어 주면 좀 나을 것 같다. 그때 남자가 먼저 말을 꺼낸다. 뒤돌아 얘기하는 것처럼 선명하다.

「오늘은 모자랑 장갑 벗고 들어가도 돼. 청소 도구도

필요 없고.」

여전히 남자는 뭐든 미리 일러 주는 법이 없다. 청소 도구만 아니면 가방도 훨씬 가벼웠을 텐데. 그 생각에 목소리가 뾰족해진다.

「……왜요?」

「꼼꼼하게 작업할 필요 없어. 무연고자거든. 무슨 말인지 알지?」

소장이 오늘에야 날 내보낸 이유는 뭘까.

이제껏 만난 무연고자는 두 부류였다. 이름이 없거나 아니면 너무 많거나. 너무 많았던 이름 중에는 알파벳이나 숫자가 있을지도 모른다. 돌연 음악이 바뀐다. 진동의 리듬도 느려진다. 치료기 끝에서 뭉근한 온기가 천천히 퍼진다. 화면을 보니 오묘한 색이 나오고 있다. 너무 많은 색이 뒤섞여 오히려 아무것도 아닌 색이다.

「소장 말마따나 건질 만한 물건은 별로 없을지도 몰라. 그래도 일당은 두 배쯤 될 거야.」

서너 배는 아니니까 건장한 사내 여럿이 버티는 건 아닐 것이다. 대여료를 면제해 준 것도 아니었으니까. 두 배의 일당이라면 노인이나 어린 아이는 아닐 테고 그럼 대체 어떤 사람이 버티고 있는 걸까.

새로 측정한 결과가 뜬다. 기타 감정이 19퍼센트로 늘었다. 더 늘어나면 곤란하다. 방에서 빠져나온 날부터 기타 감정 수치는 말썽이었다.

그날 현은 몸을 동그랗게 말고 있었다. 한쪽으로 조금만 기울어져도 여지없이 무너질 것만 같았다. 몸 안에서는 어떤 짐승이 맹렬하게 울고 있었다. 울음소리가 내 쪽으로 달려드는 동안 할 말을 골랐다. 그사이 울음은 날카로운 경보음으로 변했다. 현의 측정기 쪽으로 손을 내밀었다. 경보음이 계속 이어지기 전에 어떻게든 막아야 했다. 구급차가 출동한 기록이 남으면 끝이었다. 하지만 결과를 확인하기도 전에 현은 측정기를 낚아챘다. 그리곤 붙잡을 틈도 없이 달아났다. 금방이라도 손목을 낚아챌 수 있을 줄 알았다. 그다음에는 어떤 식으로든 감정을 다시 표준에 맞춰 재구성할 수 있을 것 같았다. 하지만 그새 현은 쪽문 밖으로 나섰다. 바로 따라나섰지만 골목이 꺾이는 순간마다 현

은 보이지 않았다. 이대로 사라지는 건가 싶었지만 방향을 틀면 뒷모습이 보였다가 다시 사라졌다.

큰길에서 빌라로 들어오는 골목은 점점 좁아지는 형태였다. 이제 더는 좁아질 수 없을 것 같을 때쯤 방으로 들어가는 쪽문이 나왔다. 그러니 쪽문에서 나가는 길은 반대로 점점 넓어졌다. 현과 나는 한 사람이 겨우 드나들 수 있는 골목에 있었다. 골목 안은 경보음으로 빼곡했다. 기대할 수 있는 건 반대 방향에서 누군가 나타나는 것뿐이었다. 마주 선 사람과 실랑이를 벌이는 동안 현은 그 자리에 있을 것이었다. 하지만 큰길에 나올 때까지 반대편에서 나타나는 사람은 없었다. 경보음이 울려도 내다보는 사람조차 없었다. 다들 경보음 때문에 흐트러질 감정을 단단히 움켜쥐고 있는 건지도 몰랐다.

한동안 현과의 거리는 전혀 좁혀지지 않았다. 그러다 어느 순간 현은 우뚝 멈춰 섰다. 예전에 동네를 돌아봤을 때 더 가봐야 별거 없을 거 같다던 자리였다. 현은 슬며시 뒤돌아보는 듯했다. 나는 측정기부터 확인했다. 감정 측정 결과는 엉망일 게 분명했다. 정확한 결과는 기억에 남아 있지 않았다. 다만 이제껏 왜 현을 따라왔는지 헛갈렸던 기억만은 또렷했다. 현도 다시 한 번 측정기를 들여다봤다. 한동안 화면에서 눈을 떼지 않던 현은 허리를 꼿꼿하게 세워 나를 바라봤다. 현의 얼굴을 보는 건 빈 화분 속을 들여다보는 것 같았다. 고함을 질러도 퍼져 나가지 못하고 내내 안쪽에서만 맴돌 것 같았던 표정.

「처음부터 모르는 게 나을 뻔했어요.」

건물 사이를 막아서 만든 긴 방에서 현이 했던 말이 떠올랐다. 어떤 목소리를 내야 할지 가늠할 수 없었다. 무대 뒤에서처럼 목소리는 튀어나오지 않았다. 아무 소리라도 내야 하는데 그럴수록 목소리는 이지러졌다. 비명을 질러야 한다고 생각했다가 한편으로는 나지막한 목소리로 쓰다듬어야 한다는 생각도 들었다. 아니면 울음을 뱉는 게 나았을 수도 있었다. 그보다 몸을 뒤흔들며 밀어내는 게 먼저였을까. 결국 내내 입술만 깨물고 있었다. 이어지던 발자국 소리는 내 몸을 잘근잘근 씹어 대는 것만 같았다. 다음 순서가 시작된 모양이었다. 심벌즈 소리가 날카롭게 파고들자 그림자는 맘껏 휘젓고 돌아다녔다. 종이옷이 몇 겹이나 남았는지 알 수 없었다. 겨우 한 겹만 남았다는 것을 안 순간 입술 사이로 목소리가 비집고 흘러나왔지만 나조차도 알아듣지 못했다. 북소리가 사방에서 울부짖기 시작했다.

현은 아까보다 더 빠르게, 멈춘 만큼 더 나아갈 생각인 것처럼 뛰었다. 그때만큼은 현이 측정 결과를 말해 주지 않았다. 나라고 다르지 않았다. 그저 누가 꽉 움켜쥐고 있는 것처럼 움직이지 않았다. 그동안 현에게서 흘러나오던 경보음은 차근차근 멀어졌다.

현이 없는 방에선 혼자 움직여도 자꾸 어딘가에 부딪혔다. 서랍장에 무릎이 부딪혔고 돌아서면서 행거에 머리를 찧었다. 멍이나 긁힌 상처가 늘어가다가 몇몇은 흐릿해져도 현은 돌아오지 않았다. 그새 현과 부딪혀서 생긴 자국은 거의 사라졌다. 어느 순간 자국이 있던 자리를 짚어보려고 하면 처음부터 없었던 것처럼 기억나지 않았다. 그쯤 현이 돌아왔다. 현은 쪽문으로 들어서지 않고 주변을 맴돌았다. 나는 짐을 챙겨 밖으로 나섰다. 그사이 현이 있는 쪽으로 시선을 두지 않으려고 애썼다. 몇 걸음 떼지 않아 뒤에서 쪽문 닫히는 소리가 들렸다. 소리는 내 등을 힘껏 떠밀었다. 현에게 나는 표준 감정을 유지하는 데에 방해되는 게 분명했다. 어떤 수치에 문제가 있었을지 따져 봤지만 그때마다 짐작은 달라졌다.

방을 떠난 후부터는 감정 진단 결과에 빠지지 않고 기타 감정이 나왔다. 겨우 잦아들다가도 불쑥 얼굴을 내밀었다. 그러다 보니 현장을 배정받기 어려웠다. 공공 근로도 후순위로 밀려났다. 또 다른 업체를 찾아나서는 수밖에 없었다. 하지만 업체에서는 대놓고 기타 감정에 대해 따지듯 물었다. 그것을 핑계로 계약직이나 최저 임금에도 미치지 못하는 일당을 제시하기도 했다. 아무 대답도 하지 않고 있으면 속을 알 수 없는 사람이라거나 같이 작업하기엔 부적절한 사람이라는 이유로 내쫓겼다.

마지막으로 찾아간 소장은 이력서를 받자마자 뒤에 붙어 있는 감정 진단서부터 훑어 봤다. 이내 소장 얼굴 한쪽이 찌그러졌다. 보호 관찰 대상자라고 해도 평균보다 높은 긴장과 불안 수치 때문만은 아닐 것이었다. 기타로 분류된 감정을 노려보는 게 분명했다. 여러 업체를 전전하다

받아 주지 않아 왔다는 것을 쉽게 알아챘을 것이었다. 소장은 나 같은 사람을 헐값에 부려 먹었다. 그나마 다른 업체보단 좀 나은 수준의 돈이었다.

「나쁘지 않은 진단서네.」

그 말에 불안이나 초조가 좀 더 높아진 것 같았다.

「처음부터 일당을 온전히 줄 순 없어. 다 알고 온 거지?」

표정을 살피던 소장은 뭘 걱정하는지 안다는 투로 말했다.

「이런 일을 해도 치료기만 잘 써주면 원래 가지고 있던 감정 진단서와 크게 달라지진 않을 거야. 운이 좋으면 더 나아질 수도 있고.」

옆에 선 남자는 뒤에 꺼끌꺼끌한 웃음을 섞어 말했다.

「다른 데서 일해 봤으니 알겠지만 미칠 것 같다고 하는 사람들만 득시글하지. 정작 미친놈은 드물어. 그렇다고 미친놈이 아예 없다는 건 아니지만.」

진득해진 남자의 웃음을 끊어 내듯 소장은 헛기침을 하며 말을 이었다.

「그래서 우리는 다른 업체와는 달리 수시로 감정을 측정하는 거지. 치료기도 빌려 주고.」

남자를 힐끗거리던 소장은 자세를 바꾸며 말했다.

「여기선 분석할 수 없는 감정이 있어도 상관없어. 어차피 우리도 의무적으로 인부들 중 보호 관찰 대상자를 끼워 넣긴 해야 하니까. 나는 그쪽 같은 보호 관찰 대상자를 쓰는 일을 전혀 꺼리지 않네. 물론 그중 더 좋은 건……」

소장이 침을 삼키며 뜸 들이는 동안 현이 센터장에게 들었다는 말이 떠올랐다. 이어지는 소장의 목소리는 현과 겹쳐졌다. 어쩌면 그게 보호 관찰 대상자가 쉽게 고용될 수 있는 유일한 방법일지도 몰랐다. 복종심이나 인내심을 키우는 것보다 더 나을 수도 있었다. 처음에 들었을 땐 익사 사고를 막기 위해 하천을 없애는 것처럼 터무니없어 보였지만 소장을 통해 들으니 좀 다르게 들렸다. 쥐고 있어 봐야 아무 짝에도 쓸모없는 건 밑지고서라도 팔아야 했다.

뒤로 한 걸음 물러났다. 소장은 그만큼 앞으로 바짝 다가서며 말했다.

「우리가 상대해야 할 사람들은 분노나 경멸로 꽉 차

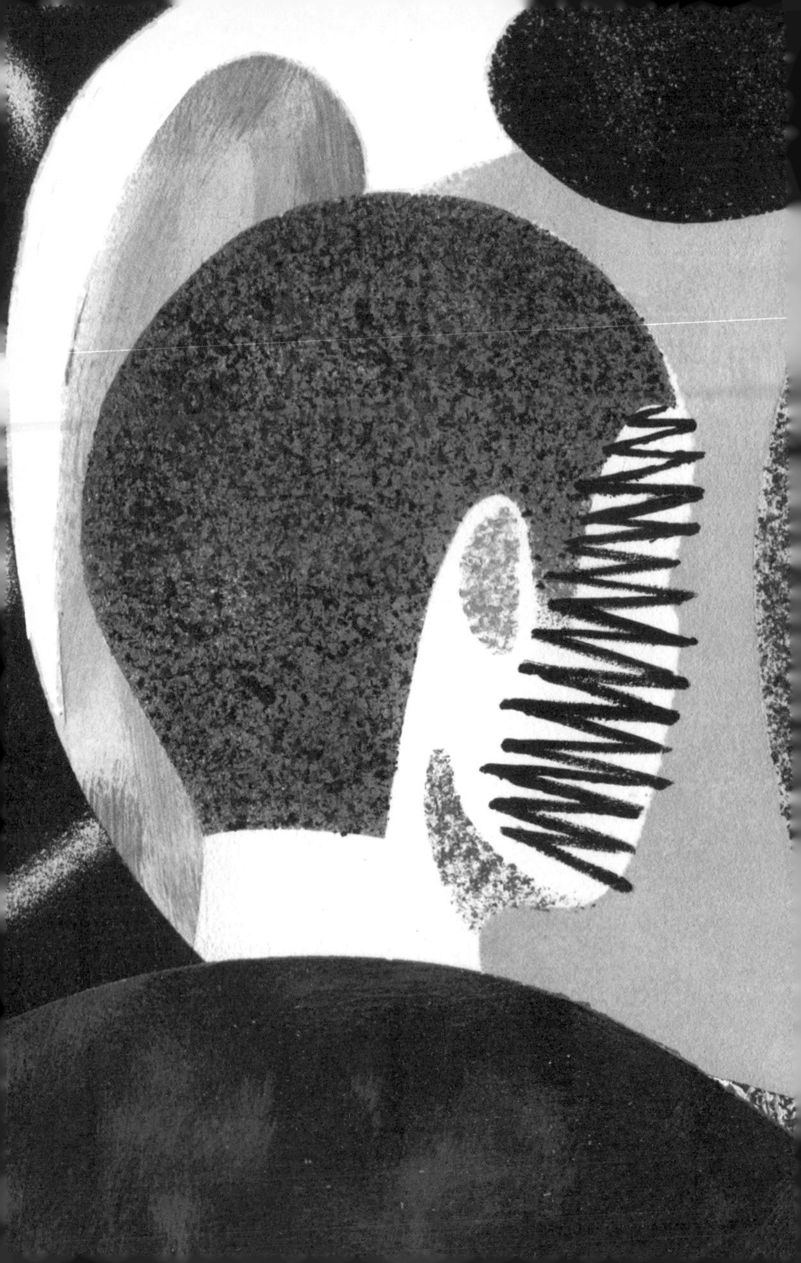

있어. 그래서 상대방을 생각할 여유 따윈 없고 죄다 예의도 없지. 적어도 우리는 안에 들어갈 때 덧신이라도 신지. 걔네들은 자기네 방인데도 신발 신고 있어. 그게 무슨 뜻이겠어?」

어느새 나는 벽을 더듬거리고 있었다. 소장은 새삼스레 내 얼굴은 힐끔거렸다. 눈이 마주치자 남자가 말을 이었다.

「어차피 나갈 거면서 버티는 거지. 계속 거기서 살고 싶다는 말도 다 개소리야. 결국 돈 뜯어내려는 수작일 뿐이지. 원래 가난한 것들이 더 길길이 날뛰는 법이야. 알잖아? 돈이 없으니 주기적으로 감정 진단을 받을 수 없고 당연히 평소에 측정기도 안 쓰겠지. 하긴 건강 검진도 안 받는데 감정 검진이라고 받겠어? 그러니 감정을 조절할 수도 없지. 골목에서 함부로 고함지르고 울고불고 악쓰는 것들은 다 그런 사람들이야. 매일 감정을 측정하고 치료받는 사람들은 절대 그러지 않아. 그러니까 그들을……」

남자가 잠시 한숨을 내쉬었다. 이내 마침표를 찍는 듯한 남자의 목소리가 들렸다.

「이해하려고 하지 마.」

소장에게 눈을 부릅뜨고 계약서 내용 중 따지고 싶은 게 있었지만 잠자코 있었다. 겨우 입술만 몇 번 달싹였을 뿐이다. 괜히 가난한 사람으로, 이해하지 않아도 되는 사람으로 보이고 싶지 않았다.

「걱정하지 마. 작업만 시작하면 측정은 물론 확실한 감정 조절 기능까지 있는 고급 치료기를 빌릴 수 있으니까. 그럼 넌 그들과 다른 사람이 되는 거야. 대여료는 좀 들겠지만 당장은 그게 낫지 않겠어? 지켜보다가 때가 되면 제대로 된 일당을 받을 수 있는 현장에도 투입시켜 주지. 이만하면 다른 데보다 훨씬 낫지?」

제대로 된 일당을 받을 수 있는 일이 뭔지 묻는 듯 소장을 건너다 봤다.

「그런 건 미리 얘기해 주지 않는 게 나을 거야. 괜히 긴장하거나 겁먹으면 작업이 곤란해지니까.」

소장의 말에 남자는 나를 향해 한쪽 입가를 올렸다. 버려진 소파나 늙은 개미가 웃는 방식처럼 낯설었다. 웃는 게 아닐지도 몰랐지만 웃음이 아니라면 더 수상했다. 남자를 보면 내가 보호 관찰 대상자라는 사실을 자꾸 잊었다. 내가 남자와 같은 사람이라는 건 나중에 먹으려고 남겨 두었다가 오랫동안 잊고 있었던 케이크나 미처 풀지 못하고 넘겨 버린 시험 문제 같았다. 그때까지만 해도 남자와 보호 관찰 대상자들이 모여 사는 골목까지 갈 줄은 몰랐다.

골목에서는 대부분 자기만 빼고 죄다 이상한 사람들이라고 생각했다. 자기는 실수일 뿐이었고 나머지는 다 오래전부터 문제가 있었던 사람들이었다. 그래서 눈인사도 제대로 나누지 않았다. 시선이 마주치면 병이라도 옮을 것처럼 서둘러 돌아섰다. 상대방의 감정이 건너와 수치를 망가뜨릴 것 같았기 때문일지도 몰랐다. 어차피 다음 감정 검진에서 정상 결과를 받아 심사를 통과하면 이 골목을 떠날 줄 알았기 때문에 인사는 더더욱 의미가 없었다. 한편으론 내 눈인사가 누군가의 감정을 망칠지도 모른다는 생각이 두려움이 몰려왔고 실제로 측정 수치가 그렇게 나오기도 했다. 언제부턴가 감정을 교환하는 건 질병의 이력을 공유하자는 것만큼이나 무례한 일이 되었다.

감정 측정기와 감정 검진이 처음 나왔을 때 사람들은

서로의 감정을 세밀하게 파악해서 보다 원활한 의사소통을 기대할 수 있을 거라고 했다. 서둘러 갈등이 사라지길 바라는 사람도 있었다. 하지만 지금은 그때의 목적을 기억하는 사람이 별로 없었다. 남자도 나도 마찬가지다. 어쩌면 현도.

*

남자의 목소리가 떨린다. 잘 따라오고 있느냐고 묻는 간격은 골목처럼 좁아진다. 다닥다닥 붙은 빌라가 이어지고 있다. 창문 틈으로 빛이 새어 나오기도 하지만 골목을 밝힐 정도는 아니다. 겨우 빌라의 윤곽 정도만 알아볼 수 있다. 가로등 빛마저 희미하다. 어둠은 빛을 몰아내려 더 조밀해지는 것 같다. 조금 더 깊숙이 들어서자 드문드문 빌라가 무너진 자리들이 보인다. 콘크리트 더미 위에는 굴삭기가 비스듬하게 세워져 있다. 비교적 평평한 자리마다 컨테이너 박스가 버티고 있다. 그 안에는 골목이 완전히 사라질 때까지 상주하는 다른 업체 인부들이 기준 감정에서 벗어나지 않으려 몸을 웅크린 채 차곡차곡 쌓여 있을 것이다.

방금 지나친 빌라여도 괜찮고 다음 빌라여도 괜찮을 것 같다. 하지만 남자는 계속 앞으로 나아간다. 양쪽에 늘어선 빌라 사이는 줄기차게 좁아진다. 터덕터덕 바닥을 딛는 소리만 도드라진다. 소리가 멀어지면 걸음을 재촉하고 가까이서 들리면 천천히 걷는다. 아직 남자와 부딪히지 않았다. 서로 상대방에게 맞추려 애쓰면 결국 리듬이 엉켜 부딪힌다는 것을 알고 있다. 남자는 무심하게 움직이고 내가 맞추는 편이 낫다. 이제껏 나는 내가 현에게 맞춰 주는 쪽이라고 생각해 왔다. 어쩌면 현은 무심한 쪽이 나라고 생각했을지도 모르겠다. 다시 현을 만나면 물어보고 싶다. 골목처럼 질문의 간격을 좁히다 보면 그날 측정기에서 나온 감정도 얘기해 주지 않을까. 서로 모르는 게 좋았을, 불필요한 분노랄지. 아니면 경멸이나 우울 혹은 죄책감 같은. 어쩌면 짐작과 완전히 다른 감정.

걸음 소리는 멀어지는가 싶더니 어느 순간 아예 들리지 않는다. 가느다란 목소리로 남자를 부른다. 아무 소리도 들리지 않는다. 순간 바닥이 훅 꺼지는 것 같다. 남자가 방향을 꺾었을 때 놓쳤을 수도 있다. 어디서 엇갈렸는지 따져 보는데 남자의 목소리가 들린다. 목소리는 입을 틀어막고 내뱉는 것처럼 알아듣기 어렵다. 어둠이 목소리를 에워싸는 것인지도 모른다. 고개를 빳빳하게 들고 눈을 홉떠 보지만 보이는 거라곤 짓뭉개고 으깨진 어둠뿐이다. 몇 걸음 떼지 않아 무언가와 부딪힌다. 남자의 등인지 가슴인지 팔인지는 알 수 없다. 뒤늦게 남자가 짧고 굵은 비명을 내지른다. 내질러야 한다는 의무감으로 터져 나오는 비명 같다. 무대 아래에서 나를 발견한 사람이 냈던 소리도 비슷했다. 빛을 등지고 있어서 표정은 알아볼 수 없었다. 그제야 종이옷이 찢어져 나달나달한 자리가 눈에 들어왔다. 종아리나 쇄골 쪽에만 겨우 한두 겹 남아 있을 뿐이었다. 종이옷을 만들 때 한 겹이라도 더 덧댔다면 괜찮았을까. 차라리 끝까지 무대에 오르지 않겠다고 고집을 피웠다면 어땠을까.

「여기라고, 여기!」

남자의 목소리가 지척에서 들린다. 숨소리까지 또렷하다. 숨소리 뒤로 남자가 말한 빌라가 눈에 들어온다. 윤

곽은 내 눈길을 따라 그려진 것처럼 익숙하다. 오늘 밤 작업할 빌라에 다 온 모양이다. 작업만 잘 마치면 일당을 두 배쯤 받을 수 있는 빌라. 어쩌면 현이 말했던 〈그런 작업〉을 해야 할지도 모를.

한 걸음 더 다가간다. 일순 빌라 외벽이 일렁인다. 절반쯤 태극기에 뒤덮여 있다. 크고 작은, 재질도 제각각인 태극기가 덕지덕지 붙어 있다. 잘못 봤나 싶어 눈을 가늘게 뜨자 태극기는 울음을 내보내려는 것처럼 꿈틀거린다. 잠깐 잦아들다가 한쪽 끝이 다시 바람에 파르르 떨린다.

「아직도 태극기라니……. 우릴 너무 순진하게 봤군. 안 그래?」

뒤로 조금 물러선다.

「설마 이 정도로 흔들리는 건 아니겠지?」

얼굴을 힐끗거리던 남자는 내 옆구리에 붙어 있던 치료기를 떼어 낸다. 방금 나온 측정 결과를 읽어 낸다. 표정은 점점 울퉁불퉁해진다. 긴장이나 흥분이 일정 수치 이상 나오면 일을 할 수 없다. 소장은 기준을 넘어선 감정으로 일하면 골치 아픈 문제가 생긴다는 걸 마지막 주의 사항으로 넣었다. 괜히 흥분이나 분노가 지속적으로 감정의 절반을 넘는 사람을 내보냈다가 사고라도 나면 모두 끝이라고 매서운 목소리를 냈다. 단속 업자에게 주기적으로 뒷돈을 쥐어 주는 것도 그 때문이었다. 하지만 기준에서 너무 멀어져 버리면 소장도 어쩔 수 없었다. 인부들에게 걷는 수수료보다 찔러 주는 뒷돈이 더 크면 오히려 손해일 테니까.

남자의 표정이 느슨해지자 치료기를 낚아챘다. 현장에 들어서지도 못하고 둘 다 돌아가야 할 수도 있다. 아무래도 남자 혼자 작업하기엔 무리다.

「밤이 아홉이라도 오늘 끝내야 해.」

남자의 목소리가 어깨를 짓누른다. 감정을 조절할 시간이 넉넉하지 않다. 남자가 우물거리면서 손을 내민다. 두툼한 손바닥 위에 반으로 쪼개진 알약이 빛난다.

보호 관찰 대상자 중에서도 유난히 기준에 맞추는 게 버거운 사람들이 모인 업체였다. 그러니 일하는 날에는 감정 조절에 신경을 곤두세울 수밖에 없었다. 무리를 지어 있는 대신 띄엄띄엄 떨어져 있었고 함부로 말도 섞지 않았다. 다들 호르몬 치료를 받거나 약물을 투여하면 감정이 쉽게 잡힌다는 걸 알았지만 꺼렸다. 기록에 남아 불리했고 여전히 거의 일당과 맞먹을 만큼 비쌌다. 그래서인지 언제부턴가 현장 근처에 복제약이 나돌았다. 나중엔 현장에 나가지 않는 날에도 복제약을 먹는 인부들도 있었다. 그때부터 복제약에 중독성이 있다는 소문은 삽시간에 퍼졌다. 이어서 복제약 역시 소장에게서 나온다는 소문까지 얹혔다.

복제약이라도 구해서 작업할 수 있는 기준 감정을 만들려는 인부들은 많았다. 감정 측정은 작업을 마칠 때까지 주기적으로 이뤄졌다. 끝까지 안정을 유지하기 위해선 일정 수준의 긴장을 놓쳐선 안 됐다. 중간에라도 감정이 기준을 넘어서면 즉시 작업을 중지하라는 명령이 떨어졌다. 그러면 일당의 절반도 받을 수 없었다. 일당을 덜 받는 것도 문제지만 감정 조절이 안 되는 인부에게 또 현장이 배정될지는 알 수 없었다. 이 도시만 해도 감정이 표준과 어긋나는 바람에 어디서든 헐값에라도 일하려는 구직자들이 차고 넘쳤다. 남자와 나도 그중 하나일 뿐이었다.

알약과 남자의 얼굴을 번갈아 가며 힐끔거리다 곧 다

시 화면에서 흘러나오는 색과 음악에 몰두한다. 진동은 강렬해지고 온기가 점을 찍듯이 온몸을 돌아다니는 것 같다. 서둘러 호흡을 가다듬는다.

기준 감정과 가장 큰 차이를 나타낸 것은 설렘이다. 정말 설레는 건지는 알 수 없다. 이제 와서 정말 현을 알았던 건지도 알 수 없긴 마찬가지다. 중요한 건 업체에서는 치료기의 측정 결과에 따라 내 감정에 기준 이상으로 설렘이 끼어 있다고 판단한다는 것이다. 작업을 하려면 설렘부터 3퍼센트 아래로 떨어뜨려야 한다. 누르스름한 색과 끊어질 듯 계속 이어지는 선율이 온몸을 감싼다. 아무래도 VR까지 써야 할 것 같다. 호흡을 느리게 조절하는 동안 남자의 손이 가면처럼 얼굴을 뒤덮는다. 호흡이 가빠지고 뺨이 눅눅해진다. 무대 아래에서 얼굴을 감싸 쥐던 손바닥과 거의 같은 질감이다. 날선 목소리가 튀어나오려고 입안을 들쑤신다. 그러다 괜히 남자의 감정이 기준과 어긋날지도 모른다는 생각에 목소리를 삼킨다. 만약 목소리를 낸다면 남자의 연민이나 불안 수치를 바꿔 놓을 수 있긴 할까. 생각이 이어지자 입술 끝에서 뭉그러진 웃음이 비집고 나온다. 무대 아래서도 나는 내가 아니라 내 입을 틀어막고 있는 누군가의 감정을 짐작하느라 애쓰고 있었다. 목소리를 냈을 때 내 감정이 어떻게 달라질지에 대해서는 조금도 생각하지 못했다.

몸을 늘어뜨리자 입술 사이로 뭔가 덜그럭거린다. 날카로운 면이 입천장을 긋고 그대로 식도를 타고 넘어간다. 쪼개진 알약이다. 남자를 향해 눈을 부라린다.

「심사 얼마 안 남았어. 오늘 작업 망칠 셈이야?」

이어지는 남자의 목소리가 몸을 잡아당긴다.

「언제까지 보호 관찰 대상자로 살 순 없잖아.」

문득 남자가 왜 보호 관찰 대상자가 되었는지 궁금해진다. 물어보면 얘기해 줄지도 모르는데 한 번도 물어볼 생각을 하지 못했다. 질문이 남자의 감정을 어떤 식으로 뒤흔들지 알 수 없었기 때문이다. 이제 와서는 질문을 남자에게 해야 하는 건지도 알 수 없다. 질문은 현에게 처음 이름을 만들어 준 부모나 무대 아래로 숨어들었던 누군가의 몫일지도 모른다. 그들 때문에 표준 감정에서 벗어난 사람들이 아닌.

감정이 겨우 기준에 맞춰진다. 남자는 늦어진 작업이 불만인 눈치이지만 아무 소리하지 않는다. 기껏 다잡은 감정이 다시 흐트러지면 작업을 진행할 수 없다.

일단 문을 열어 두고 멀찌감치 떨어져서 힐끔거린다. 끈적끈적한 어둠과 쿡쿡 찔러 대는 악취와 뭔가 삐거덕거리는 소리를 차례차례 마주한다. 돌연 코끝이 날아가는 것처럼 맵고 시리다. 손전등에 배터리부터 넣는다. 그사이 남자는 도구를 챙긴다. 다시 감정이 기준을 벗어날까 봐 시선을 틀고 호흡을 조절한다. 작업을 하면서 감정 조절에 쓸 시간이 없다. 작업만으로도 시간은 부족하다. 그 생각에 걸음을 서두른다.

남자를 따라 쪽문 안으로 들어선다. 구조가 익숙하다. 이것만으론 확신할 수 없다. 주변에 있는 빌라는 한꺼번에 똑같은 모양으로 지어졌다. 그러니 옆 빌라나 앞 빌라일 수도 있다. 그때 줄 맞춰 늘어서 있는 화분이 눈에 들어온다. 여전히 아무것도 심지 않았다. 안을 들여다보지 않으려 애쓴다. 빈 화분과 같던 현의 표정을 떠올리면 감정이 어느 방향으로 뒤틀릴지 알 수 없다. 시선을 엉뚱한 방향에 두고 걷느라 화분에 부딪힌다. 빈 화분이 아니다. 흙이 꽉 차 있다. 돌아온 현은 그제야 뭐라도 심을 생각이었을까.

현관문이 열리는 소리가 길게 울린다. 몸이 약간 기운다. 평평한 것처럼 보여도 희미한 경사가 이어진다. 이미 기계로 빌라를 조금 밀어낸 모양이다. 그건 마지막 경고였다. 처음에는 폭약을 터뜨리거나 문 앞에 오물을 뿌려두고 현관문에 욕설을 써넣는 정도로 가벼웠을 것이다. 그 정도로 떨어져 나가는 사람들도 많았다. 어떨 땐 방 근처에 밤새도록 낯선 사람들이 서성거리는 것만으로도 효과가 있었다. 그래도 나가지 않으면 방충망을 찢고 창을 깨거나 새벽에 문을 두드렸다. 문을 두드려도 기척이 없으면 창문을 향해 밤새 조명을 쏘아붙였다. 그다음에는 전기와 수도를 끊었다. 보통 이쯤에서 며칠 못 버티고 떠났다. 이제껏 내가 맡은 작업은 대부분 이 정도였다. 모두 밤에 이뤄지는 작업이었다.

끝내 해결되지 않으면 소장은 인부들을 몰아붙였다. 말끝마다 모두에게 좋은 일을 하는 거니까 죄책감과 슬픔

따위는 버리라고, 최소한 기준 아래로 떨어뜨리라고 여러 번 강조했다. 그러다 어쩔 수 없다는 말투로 지시하는 게 방화였다. 빌라의 한쪽 귀퉁이만 타도록 내버려 둔 다음 적당할 때 불을 꺼야 하는 작업이었다. 그래서인지 언제부턴가 빌라에 태극기를 붙여 두는 세입자들이 있었다. 인부들이 태극기에 불을 붙이진 못할 거라고 생각하는 것이었다.

언젠가 태극기 얘기를 꺼낸 현에게 했던 대답이 떠오른다.

「다들 망설일 거라고 생각하죠. 그런데 태극기 앞에서 감정을 조절하지 못하고 망설이는 사람을 인부로 쓰진 않죠.」

그때 이어지던 현의 목소리는 나에게 던지는 질문처럼 들렸다.

「그래도 누군가 한 사람은 망설일 수도 있다는 데에 기대를 거는 거겠죠. 적어도 감정 수치가 조금은 달라질 수 있다고. 연민이 1퍼센트라도 생긴다면 해볼 만한 일이죠.」

현은 내가 불을 지르는 쪽이라고 생각했을까. 아니면

망설이는 쪽이라고 생각했을까.

불이 제대로 번지기 전에 꺼버리면 아무 소용없었다. 빌라 안에 유독 가스가 차오르지 않기 때문이다. 그렇다고 시간을 늦추면 안에 있던 세입자들이 질식사할 수도 있으니 세심한 관찰이 필요했다. 누구라도 죽어선 안 됐다. 죽을지도 모른다는 공포를 불어넣는 것까지가 작업의 목표였다. 그러니 소화기는 제대로 숨겨 놔야 했다. 불을 질러도 어차피 끌 거라는 걸 알면 공포는 정상 수치보다 조금 오르는 데에 그친다. 도리어 안정 수치가 늘어나거나 인부들의 분노나 모멸 수치만 올라갈 수도 있다.

그래도 버틴다면 빌라를 조금 기울였다. 밖에서 보면 거의 티가 나지 않지만 안에서는 확연히 느낄 수 있을 만큼의 기울기. 언제라도 무너질 수 있겠다는 생각이 들 만큼. 평평한 것 같아도 희미한 경사가 끊임없이 이어지는 골목처럼.

다음 단계 지시를 내릴 때면 소장은 알약을 한 움큼 집어넣고 우물거렸다. 그래서 인부들은 복제약도 결국 소장에게서 나온다는 소문을 믿었다. 알약을 입에 물고 내뱉는 목소리라 사이사이 지워졌지만 내용은 확실히 알아들을 수 있었다. 새벽에 침입해서 자고 있는 세입자들을 끄집어내고 굴삭기로 밀어 버리라는 지시였다. 작업은 조용히 진행되어야 했으므로 세입자가 보이면 입부터 틀어막아야 했다. 심하게 발버둥을 치면 옷을 찢었다. 맨살이 드러나면 좀 순해질 거라고 했다. 소장이 말했던 방식은 무대 아래에서 누군가가 나를 다뤘던 방식과 비슷했다.

세입자 중 무연고자가 있다면 완전히 제거하는 게 원칙이었다. 그래야 뒷말이 없고 다음에 맡을 현장도 수월해졌다. 인부가 누군가를 죽였다는 소문은 밤보다 넓게 이 도시를 뒤덮었다. 그건 소장이 바라는 바이기도 했다.

오늘따라 어둠이 부쩍 견고해 보인다. 남자는 덧신을 신지 않고 들어선다. 남자를 따라 안쪽으로 깊숙이 들어서자 찬바람이 얼굴에 끼얹혀진다. 이어서 악취가 칼날을 품고 스멀스멀 몰려온다. 숨을 내뱉자 한껏 날을 세운 악취가 한꺼번에 달려든다. 악취는 뒤통수를 잡아당긴다. 그 사이 비린내 같은 게 희미하게 번진다. 헛기침을 하는 사이 남자는 방 안 구석구석을 샅샅이 돌아다닌다. 틈틈이 씹어 뱉는 것 같은 웃음소리가 들린다. 내가 여전히 발뒤꿈치를 든 채 머뭇거리는 걸 봤을 수도 있다. 화면으로 눈을 돌린다. 안정감이 조금 높아지고 긴장이 수그러진다. 이제 내가 누군가의 입을 틀어막고 종이옷을 한 겹씩 찢어 내야 할 차례인지도 모른다. 그럼 비로소 보호 관찰 대상자에서도 벗어날 수 있을까. 누구에게든 의미 없는 이름을 붙여 줄 수도 있고 망설임 없이 떠나 버릴 수도 있을까.

바닥을 딛을 때마다 요란한 소리가 퍼진다. 바닥은 미끄럽기까지 하다. 양팔을 벌려 균형을 잡아 보지만 신통찮다. 남자와는 달리 걸음은 더디기만 하다. 그사이에도 남자는 더 깊이 파고든다. 어두워서 그런지 방은 크기를 짐작하기 어렵다. 현과 살던 방보다 더 넓은 것도 같고 아닌 것도 같다. 어쩌면 세 사람이 사는데도 비어 있는 줄 알았던 옆방일지도 모른다. 그때 발끝에서 뭔가 걸려 남자 쪽으로 밀려간다. 남자는 물건을 집어 올리더니 창문 쪽으로 비춰 본다. 금방이라도 꺼질 듯한 가로등 빛에 슬쩍 모서리가 잡힌다. 남자는 물건을 바닥에 내동댕이친다. 그다지 값나가는 게 아니라서 그럴 수도 있고 안에 있을 누군가를 향한 경고일 수도 있다.

「싱거운 밤이 될 거라는 말이 딱 맞군.」

토스터기는 반쯤 찌그러져 있다.

소장에게선 아무런 지시가 없다. 아직 감정은 기준에서 벗어나지 않고 있는 것 같다. 그때 화장실에서 쇠꼬챙이 같은 비명이 들린다. 그 바람에 주저앉는다. 비명은 어둠을 반으로 갈라놓고 뚝 끊어진다. 남자가 입을 막는 데에 성공한 모양이다. 비명이 들렸던 쪽으로 움직이고 싶지만 방향을 가늠할 수 없다. 겨우 몸을 일으켜 자세를 바로잡는 사이 뭔가 넘어지는 소리가 들린다. 이어서 남자가 씩씩거리면서 나타난다. 그쪽으로 손전등을 비춘다. 빛이 닿는 자리가 좁다.

「작업이 좀 복잡해졌어.」

순간 누군가 달아난다. 그림자인지 사람인지 헛갈린다. 몸집만 봐선 현보다 더 커 보이는 것도 같지만 부풀어진 그림자일 수도 있다. 남자가 내게 눈을 흘긴다. 손전등에서 번지는 빛으로 방 안을 훑는다. 벽은 생각보다 훨씬 가까이 있다. 화려한 벽지 무늬가 드러난다. 무늬는 불규

칙적으로 한쪽에 몰려 있다. 달아난 세입자는 현이 아닐지도 모른다. 한 걸음 더 들어서니 바닥이 끈적거린다. 신발에 무언가 달라붙어 걸음이 엉킨다. 남자는 숨을 고르며 어기적거리고 있다. 그쪽으로 손전등을 내려놓는다. 묽던 빛이 바닥에 닿자 선명해진다. 내부가 조금씩 드러난다. 내가 빠져나올 때와 그다지 변한 게 없다. 벽지 무늬는 화려한 게 아니다. 무늬처럼 피가 튄 것이다. 벽지가 원래 어떤 무늬였는지 알 것 같다. 이러니 핏자국이 선명하게 보일 수밖에 없다. 한쪽 얼굴이 부풀어 오르는 느낌이다. 아까 들었던 비명만으로는 누군지 알 수 없다. 한 번도 현의 비명을 들어 본 적이 없었기 때문이다. 그러자 현이 아예 모르는 사람 같다.

밖에서 물방울 떨어지는 소리가 들린다. 뭔가 질질 끌리는 소리도 이어진다. 남자는 머뭇거리던 나를 구석으로 밀치고 소리가 나는 쪽으로 민첩하게 뛰쳐나간다. 곧 시커먼 몸뚱이 하나를 어깨에 짊어지고 안으로 들어선다. 남자가 선 자리는 유난히 어둡다. 형광등을 켜도 그림자가 뭉쳐 있던 자리다. 그래서인지 어깨는 그림자에 짓눌려 있는 것처럼 보인다. 여전히 현이 맞는 건지 확신이 서진 않는다. 이사를 갔을 수도 있고 그사이 새로운 세입자가 살고 있을 수도 있다. 방이 기울기 시작한 날 바로 짐을 챙겨 나갔을지도 모른다. 짐작은 자꾸 예전에 들었던 현의 목소리에 닿는다. 밀려나면 정말 더는 갈 곳이 없다는 목소리.

어쩌면 나와 떨어져 있는 동안 다른 도시에서 부모를 찾아 함께 사는 건 아닐까. 그럼 처음으로 가졌던 이름을 알아냈을 것이다. 다시 현을 만난다면 그 이름을 불러 주고 싶다. 오랫동안 불러온 것처럼 또박또박.

바깥을 살피려는 듯 남자가 창 쪽으로 향한다. 아까보다 더 물러진 가로등 빛이 창을 타고 넘어와 남자의 몸에 닿는다. 그제야 젊어진 몸에 둘러진 무늬와 색이 눈에 들어온다. 태극기라는 걸 알아보는 데에는 오랜 시간이 걸리지 않는다.

「정신 똑바로 안 차려?」

남자가 고개를 틀어 나를 빤히 노려본다. 마스크를 쓰고 있지 않은데도 표정을 알아볼 수 없다. 남자가 내 쪽으로 걸어온다. 그새 더 깊이 그림자에 파묻혀 남자의 몸은 절반밖에 보이지 않는다. 그러자 남자가 다가오는 것인지 멀어지는 것인지 헛갈린다. 그럴수록 그림자는 점점 형태를 갖춰 간다. 조금만 더 가까워지면 얼굴도 알아볼 수 있을 것만 같다. 하지만 곧 남자와 그림자가 겹쳐진다. 남자를 삼킨 그림자는 일순 벽 속에 스며든다. 남자를 찾아 사방에 시선을 던진다. 남자대신 방 안에 켜켜이 쌓인 세간이 눈에 들어온다. 오늘은 건질 만한 물건이 없겠다. 바닥뿐만 아니라 서랍장이나 텔레비전에도 피가 튀었다. 온전하더라도 업자는 싼값에 사려고 할 것이다. 앉을 때마다 삐걱거리는 의자나 보온이 되지 않는 전기밥솥, 가끔 흑백 화면이 나오는 텔레비전뿐일 테니.

치료기에서 흘러나오는 소리가 귓속을 들쑤신다. 언제부터 울리고 있었는지 모르겠다. 걸음을 뗄 때까지도 경보음은 멈추지 않는다. 경보음 사이로 소장의 목소리가 튀어 오른다. 나도 언젠가 현과 비슷한 생각을 했다. 감정 측정기를 달고 다니면서 관리실을 드나들고 정기적으로 감정 검진을 받아야 할 사람은 내가 아닐지도 모른다고. 그런데 이어지는 생각은 현이 떠나면서 나를 두고 그렇게 생각했을지도 모른다는 것이었다.

화면을 끈다. 음악과 진동도 차단시킨다. 온기도 사라지고 오로지 내 체온만 남는다. 소장의 격앙된 목소리마저 뚝 끊긴다. 가로등마저 빛을 잃자 방 안은 완전히 가라앉는다. 내 호흡에만 집중하다 보니 방 한쪽에 벌거벗은 채 몸을 웅크리고 있는 짐승이 보이는 것 같다. 뭐 때문에 콧김을 내뿜고 사납게 우는 건지는 알 수 없다. 다만 이제껏 지나쳐 왔던 이름 중 하나라도 불러 주고 싶은데 아무것도 떠오르지 않는다. 모두 다 부르기 어려운 이름이거나 어울리지 않은 이름뿐이다. 새로운 이름을 찾아봐야 하는 건지도 모른다. 치료기가 없으니 감정에 이름을 붙이는 건 오로지 내 몫이 된다. 발랄한 우울이나 불친절한 기쁨, 말랑말랑한 분노가 뒤엉킨다. 현이라면 어떤 이름을 붙일까. 어쩌면 현은 처음으로 가졌던 이름이 아니라 스스로 자신에게 붙여 줄 이름이 궁금했던 것일지도 모르겠다.

어느새 악취가 무뎌진다. 곧 방 안 전체가 뒤흔들린다. 밖으로 나간 남자가 굴삭기를 부른 것일지도 모른다. 내 몸은 버티지 않고 흔들림에 맞춰 리듬을 탄다. 그사이

아무것과도 부딪히지 않는다. 얼마 지나지 않아 예전에 현에게 들었던 알파벳 하나가 떠오른다. 어쩌면 나는 내내 한 겹 남은 종이옷을 입고 있었던 것일지도 모르겠다. 이제껏 그 위에 몇 겹의 밤을 덧댔던 걸까.

순간 멀리 희미하게 사이렌 소리가 들린다.

*

크림색 벽은 질감을 짐작하기 어렵다. 무심코 보면 책장이나 문도 벽의 일부처럼 보인다. 공기는 적당하게 데워져 있고 빛은 담당자의 표정을 알아보는 데에 부족하지 않다. 이어지는 목소리는 감정을 읽어 낼 수 없다. 귓가에 닿기도 전에 증발해 버릴 것 같은 목소리다.

「정말 몰랐어요?」

정기 검진을 마치고 나니 차라리 냉장고나 수도꼭지가 되고 싶은 기분이다. 그럼 아무도 내게 물어보지 않을 것이다. 오전부터 〈미래를 바꿀 수 있다는 희망을 갖고 있는가?〉나 〈이유 없이 잠을 설친 적이 있는가?〉 같은 질문에 지쳐 있었다. 그때마다 매번 〈조금 아니다〉나 〈조금 그렇다〉 사이를 맴돌다가 지나고 나면 기억나지 않을 답변을 했다.

상황별 감정 측정에서는 머뭇거리다가 표현을 놓쳐버리기 일쑤였다. 그 순간에도 맥박과 혈압은 기록되고 있었다. 체온 변화나 손끝의 가느다란 떨림까지도. 식당에서 종업원이 음식을 쏟았을 때를 놓치자 교차로에서 자동차 시동이 꺼졌을 때가 이어졌다. 그래서 거리에서 아이가 울고 있는 장면이 나왔는데도 앞서 지나갔던 감정에 얽매여 있기도 했다. 그쯤 되자 지금까지 지나온 감정이 공룡의 그림자나 낯선 나라에서 자란 아이가 처음 발음하는 한국어 같았다.

담당자는 재촉하지 않는다. 볼펜을 굴리거나 다리를 떨지도 않는다. 숨소리마저 고르다. 다만 시선을 낮추며 자세를 조금씩 흐트러뜨린다. 그러자 얼마간 피곤해 보이기도 한다. 가만히 두면 벽 속으로 스며들어 갈 것만 같다. 어쩌면 표준 감정을 유지하기 위해 애쓰는 중일지도 모른다. 내 목소리가 균형을 깨뜨릴 수도 있겠다는 생각이 든다.

「삼킨 다음에야 약이라는 걸 알았어요. 이제껏 약물로 감정을 조절한 적은 한 번도 없었다고요.」

목소리에 좀 더 날을 세우고 싶지만 헛기침을 섞는 것으로 대신한다. 막 일그러지려는 표정도 겨우 붙잡는다. 카메라는 살짝 붉어지는 귓불도 놓치지 않고 담아낼 것이다. 끝까지 보호 관찰 대상자로 남을 순 없다. 하지만 심사는 불리한 쪽으로만 이어진다.

「아니, 그게 아니라…….」

담당자는 잊고 있던 매뉴얼이 생각난 것처럼 중간에 목소리를 짓누른다.

「소장이 감정 측정 결과를 조작하고 있었다는 거요.」

의자를 조금 당겨 앉는다. 이것도 상황 별 감정 측정의 과정인지 따져 본다. 담당자는 주춤하는가 싶더니 이내 자세를 바로잡는다. 입술은 이제껏 목소리를 낸 적이 없었던 것처럼 바싹 말라 있다. 조금 더 시간을 끌면 이미 들었던 얘기를 다시 한 번 들려줄지도 모른다.

소장은 내보내지 않아야 할 인부들을 현장에 내보내왔다. 측정 결과만 봐선 모두 기준에 적합한 감정을 유지하고 있어서, 혹은 뒷돈으로 눈감아 줄 정도의 수치라서 기관에서도 눈치채지 못했다. 그 과정에서 인부들에겐 치료기 대여료와 복제약 값을 따로 받아 챙겼다. 여기까진 소문과 다르지 않다. 하지만 인부들 중 어느새 표준 감정에 도달한 이들도 있었다. 몇몇은 당장 경보음이 울려도 이상할 게 없을 정도로 감정 수치가 비정상이었다. 조작하는 방식은 원래 나온 측정 결과에서 감정을 원하는 수치에 맞추고 남은 감정을 기타로 처리하는 것이었다. 여러 업체가 경쟁에 뛰어들면서 점점 뒷돈이 커졌고 조작은 정교해졌다. 소장은 가끔 인부들이 짐작하는 수치를 내보냈다. 그 바람에 의심을 피할 수 있었다. 그만큼 수수료를 더 뗄 수 있었고 대여료와 약값도 꾸준히 받아 챙길 수 있었다.

「그럼 기타 감정이 있던 자리에는 뭐가 있었나요?」

우울이나 불안은 아니었으면 한다. 어쩌면 오래전부터 표준 감정을 유지해 왔던 것일지도 모른다. 소장은 이미 표준 감정인 내게 감정이 불안정하다는 이유로 적은 일당을 주면서 대여료와 수수료까지 떼어 갔던 것일 수도 있다. 그럼 나는 더 이상 보호 관찰 대상자가 아니다.

「기타 감정도 일부 있었지만 대부분은 없었어요.」

「네?」

「아무것도…… 아무것도, 없었다고요.」

소장이 선호하는 인부의 감정 진단서는 따로 있었다. 그건 현이 다녔던 고객 센터의 센터장이 숨기고 싶어 하는 것과 겹쳤다. 복종심과 인내심 높은 사람보다, 감정이 표준과 어긋나서 싼값에 부려 먹을 수 있는 사람보다 더 선호하는 사람.

그때 소장이 했던 얘기를 이제야 제대로 알 것 같다.

「물론 그중 더 좋은 건…… 감정의 합이 100퍼센트가 안 되는 사람들이지. 그런 사람들을 쓰는 게 훨씬 편해. 누군가 멱살을 잡고 뒤흔들어도 욕설을 듣고 무시당하고 피범벅이 되더라도 감정이 비어 있으니까. 완전히 제거해 버리는 현장엔 딱 맞지.」

소장이 일당이 센 현장에 날 내보냈던 건 그 때문이었을까. 그러니까 일을 할 때마다 훼손당하고 한쪽이 그을려져서 도저히 표준과 맞출 수 없으니 아예 감정을 도려내는 사람들. 그래서 감정 검진을 받으면 기쁨도 있고 우울도 있고 슬픔도 있지만 한쪽에는 빈자리가 있어 헐거운, 시간이 지날수록 감정이 자꾸 줄어드는 사람들. 감정이 절반쯤 사라졌어도 일을 그만둘 수 없는 사람들. 팔 거라곤 겨우 감정뿐인 사람들과 다를 바 없어서.

현과 보호 관찰 대상자들은 다 어디로 갔을까.

「안에 있던 사람은 어떻게 됐나요?」

「사람이요?」

담당자는 남자가 빈손으로 나왔다고 했다. 빌라 안에는 아무도 없었다. 불을 피운 흔적이나 물이 있어서 누군가 머물고 있었던 건 맞았지만 뜨내기들이 재개발로 비어 있는 집을 드나드는 일은 흔했다. 여기저기 들쑤시고 다니면서 돈이 될 만한 걸 찾는 사람들도 있었다. 만약 누군가 있었다면 내부 구조를 잘 아는 사람일 거라고 했다. 화분 하나 쓰러뜨리지 않은 걸 보면.

「그 방은 많이 어두웠거든요. 낮에도 밤이라고 착각할 만큼. ……무대 아래도 그랬죠?」

얘기는 어느 방향으로 걷든 같은 자리로 돌아오던 골목을 닮았다. 다시 한 번 무대 아래로 떨어진다. 몸이 조금 떠오르는 것 같다. 학예회 순서가 절정에 다다랐을 때쯤 누군가 무대 뒤로 들어섰다. 형태도 온전치 않았고 색이나 냄새도 없었다. 그래서 입을 틀어막고 옆구리나 무릎을 쓰다듬다가 움켜쥔 게 그림자일지도 모른다고 생각했다. 이어서 종이옷이 한 겹씩 벗겨지다가 이내 찢어지는 소리가 선명했다. 무대 위에서 쿵쾅거리는 소리에 비하면 연약한 소리였다. 기억을 조금 더 내몰면 다시 올라갈 수 없는 곳으로 떨어질 것 같았다.

이번엔 더 가봐야 별거 없을 것 같던 길로 들어선다. 예전보다 조금 더 이어서 말할 수 있을 것 같다. 오랫동안 담고 있어서 온전치 않을 줄 알았는데 꺼내 볼수록 도리어 더 또렷한 형태를 갖추고 있다. 그림자를 없앨 수 있는 건 밤뿐이었다. 여러 겹으로 차곡차곡 쌓였던 밤은 어느 순간 무늬를 그려 낸다. 밤처럼 어두웠던 기억을 밀어낼수록 결이 단단해진 셈이다. 조금 떨어져서 보니 결은 제법 선명해진다. 하지만 밤은 그림자를 흡수하지 못하고 숨길 뿐이었다.

다 듣고 난 담당자는 기지개를 켠다. 그리고 마지막일

지 모를 질문을 잇는다.

「이제껏 왜 말하지 못했어요? 감당하기엔 너무 큰 상처라서 시간이 필요했나요?」

나는 〈조금 그렇다〉와 〈그렇다〉를 오가다 시간이 지나도 분명하게 기억할 만한 대답을 하기로 한다. 심사에 유리할지는 모르겠다.

「언제고 그림자를 알아볼 수 없는 밤이 되었죠. 그럼 숨이 차고 온몸이 떨릴 정도로 무서웠어요. 말하고 나면……」

담당자와 시선이 마주친다. 지금까지 측정기를 보여주지 않고 감정을 표현한 적은 없었다. 담당자는 나를 촌스럽고 고리타분한 사람으로 생각할지도 모르겠다. 침을 한 번 삼키고 표정을 짓는다. 이번만큼은 카메라가 찍고 있어도 상관없다는 생각이 든다. 호흡이 제멋대로 이어지고 입가에 주름이 잡히도록 내버려 둔다. 물크러진 얼굴이 달아오른다. 감정 측정 결과를 볼 때마다 누구에게도 말하지 않으면서 내내 비슷한 생각이었다.

「말하고 나면 그대로 사실이 될까 봐요.」

두툼한 밤을 이제 막 한 겹 벗겨 낸다.

「얘기 잘 들었어요. 어쨌든 좋은 결과 기다려 보죠. 끝으로 질문 있나요?」

담당자는 측정기 화면을 바라본다. 처음 만났을 때 마주했던 표정에서 거의 벗어나지 않는다. 치료기에서 봤던 색처럼 너무 많은 감정이 뒤섞여 오히려 아무것도 아닌, 어쩌면 그래서 모범적인 표정. 나는 입술을 열면서 조금 다른 표정을 지어 본다. 마치 처음 표정을 지어 보는 사람처럼.

「당신의 감정은 표준인가요?」

감정 검진의 마지막 질문이기도 하다.

표정 끝에 현장에서 들었던 웃음을 흉내내 본다. 비명처럼 들릴지도 모를 웃음. 언젠가 현이 걸었던 기대를 조금은 알 것 같다. 그래서 웃음이 바람 빠지는 소리로 이어지지 않도록 애쓴다. 담당자는 〈조금 그렇다〉와 〈그렇다〉 혹은 〈조금 아니다〉를 오가다 한쪽으로 조금 기운 듯하다. 밖에서 보면 거의 티가 나지 않지만 안에서는 확연히 느낄 수 있을 만큼의 기울기로.

“소설은 관찰자가 아니라 일인칭이 되어 타인을 상상해 보는 작업”

전석순

「밤이 아홉이라도」라는 이야기는 언제, 어디서 출발했나?

전입 신고를 하거나 낯선 지역에 들어설 때마다 지명의 유래를 찾아보곤 했다. 누가 일일이 고민해 가면서 도로나 산에 이름을 붙일까 싶었지만 생각보다 의미가 촘촘하고 견고할 때가 많았다. 운교동은 어렸을 때 할머니가 있었던 곳이기도 하고 첫 장편 소설이 나왔을 때 작업실이 있던 곳이기도 하다. 의미를 알고 나서 언덕이 많은 동네를 두고 〈구름을 걷는 다리〉라는 이름을 붙이는 마음을 가늠해 봤다. 시간이 지나고 나서 표정을 분석해 감정을 알아낼 수 있다는 얘기를 들었다. 나중엔 좀 더 다양한 방식으로 정확한 분석도 가능할 것 같았다. 두 개의 인상이 맞물리면서 소설도

윤곽을 잡았다.

제목에 대해서 이야기해 달라.

「밤이 아홉이라도」는 어떤 일을 어느 때까지 반드시 끝내고야 말겠다는 의미를 품고 있다. 그 의미는 소설 속 보호 관찰 대상자들의 욕망이기도 하다. 주인공에게 밤은 과거를 방어하기 위해 불러오는 이미지인 동시에 아물지 않은 과거를 드러내는 도구다. 아홉은 가득 찼다는 느낌을 주기도 하고 아직 하나가 모자란 느낌을 주기도 한다. 밤과 아홉이 갖는 두 이미지가 주인공과 겹친다고 생각했다.

이전의 장편 소설들에는 〈사람 사용 설명서〉, 〈거짓말 자격증〉 등의 아이디어가 들어 있었다. 이번에는 〈감정 측정기〉이다. 수치화하고 문서화할 수 없는 인간의 미묘한 부분들을 가상으로 설정하여 오히려 복잡한 본질을 더 세분화하고 섬세하게 드러냈다. 콩트처럼 끝날 수 있는 소재를 진지하고도 능청하게 소설로 풀어낸 점이 놀라웠다.

소설을 읽는 것은 만날 일이 없을 것 같았던 사람을 시간 내서 만나 보기도 하고, 굳이 하지 않아도 되는 일을 해보기도 하는 일이다. 조금도 갈 생각이 없었던 공간으로 떠나 볼 때도 많다. 그 과정이 나를 좀 더 말랑말랑하고 도톰한 사람으로 만들어 줬던 것 같다. 그래서 독서가 빚을 지는 과정이라는 생각이 들기도 했다. 그런 의미에서 「밤이 아홉이라도」가 독서로 진 빚을 갚는 과정의 일부처럼 느껴지기도 한다. 질문에서 나온 세 가지 아이디어는 모두 현실에 없지만 따지고 보면 곧 있을 만하거나, 이미 있는 거나 다름없거나, 있다고 해도 이상하지 않을 것들이다. 누군가 이 소설을 통해 한 번도 생각해 보지 않았을 장면에 닿았으면 좋겠다. 그 일은 쓰는 사람과 읽는 사람 모두에게 어려운 일이기도 하고 동시에 어렵지 않으면 안 되는 일이기도 하다.

최근에 어떤 화두를 가지고 있나?

무인화 시스템의 범위가 점점 확장되는 과정을 눈여겨보고 있다. 예전에는 꼭 사람을 만나서 해야 했던 일이 점점 사람을 마주하지 않아도 가능해지고 있다. 은행이나 우체국이 그렇고 강의나 물건을 사고파는 일도 그렇다. 간편하기 때문이기도 하고 효율적이거나 불필요한 갈등을 줄일 수도 있기 때문일 수도 있다. 과도기를 거치면서 부작용도 나올 텐데 그것이 어떤 방식으로 극복될 수 있을지, 최종적으로 사람을 만나지 않고 살아가는 일이 가능해질지, 결국 사람들은 무인화를 선호하게 될지 궁금하다. 이런 현상을 바탕으로 새로운 직업도 생겨날 수 있을 것이고 시스템이나 취향, 가치도 달라질 것 같다. 이를테면 사람과의 갈등을 겪기 위해 돈을 쓸 수도 있지 않을까.

소설은 머릿속의 이미지와 이야기를 글로 나타내고, 일러스트는 그림으로 나타낸다. 이 두 다른 표현물이 하나의 이야기를 그렸다. 어떤 느낌인가? 그리고 이야기를 쓸 때 상상했던 〈밤〉의 이미지와 훗한나의 그림 속 이미지는 어떻게 같고 어떻게 다른가?

막연하게 겹겹이 쌓인 밤이 주는 질감에 대해 떠올리면서 썼다. 처음 그림을 보았을 때 밤의 질감이 형태를 갖추고 또렷해지는 느낌이었다. 쓰는 동안 밤과는 어떤 색도 어울리지 않을 거라고 생각했고, 색이 밤을 방해할 거라고 단정지었다. 하지만 그림을 보면서 색이 밤을 더 도드라지게 할 수 있다는 것을 깨달았다. 그림 덕분에 소설이 더 풍성하게 부풀어 오를 수 있었다.

그림 작품이 계기가 되거나 영감이 된 적이 있는가? 그리고 꼭 소설 작업이 아니더라도 같이 일해 보고 싶은 일러스트레이터나 화가가 있다면?

작년쯤 이따금 들리던 도서관에서 유치원 졸업 전시회가 있었다. 한쪽에는 동화책을 보고 그린 그림이나 가장 기억에 남는 장면을 그린 그림도 있었다. 얼핏 보면 지나치게 추상적이라 이해하기 어려웠다. 그렇지 않은 그림은 너무 단순했다. 하지만 아이들이 직접 쓴 설명을 번갈아 가면서 보니 이제껏 내가 얼마나 딱딱한 사람이었는지 돌이켜 볼 수밖에 없었다. 인터넷에서 어린아이가 아버지의 카메라로 찍은 사진을 보면서도 비슷한 생각이 들었다. 예전에 어린이의 그림으로 표지와 본문을 채운 소설책이 있었는데 기회가 된다면 나중에 비슷한 작업을 하고 싶다.

이야기를 짓는 것이 자신에게 어떤 즐거움을 주는가?

현실을 비틀거나 구멍을 내고 귀퉁이를 찢어 낼 수 있다는 데에 즐거움이 있다. 하지만 그 즐거움은 너무 얄팍해서 금세 고통이 되거나 불안으로 뒤바뀌기도 한다.

전석순에게 〈소설〉은 무엇인가?

사람마다 무언가 긍정할 수 있게 해주는 도구가 하나쯤 있는 것 같다. 나에게는 그것이 소설인 것 같다. 어디선가 들었던 말처럼 고민이 너무 깊어지면 〈이걸 소설로 쓰면 되지〉라고 생각해 버린다. 그러면 별거 아닌 일도 대단한 것처럼, 대단한 일도 별거 아닌 것처럼 여겨질 때가 많다. 그래서 〈그럴 수도 있지, 뭐〉 하는 생각이 조밀해지도록 내버려 둔다.

〈소설〉는 현시대에 어떤 힘을 지니고 있다고 생각하는가?

공감과 상상이 아닐까. 소설의 재미를 느끼려면 문장이 주는 이미지를 공들여 떠올려야 할 때가 많다. 요즘은 이런 시도를 비효율적이라고 생각하거나 시간 낭비로 보기도 한다. 하지만 필요한 과정이고 완전히 사라진다면 공감이 어려워질 것 같다. 1인칭으로 살아가는 현실에서 타인을 관찰자 입장이 아니라 같은 1인칭이 되어 상상해 보는 작업은 소설이 가장 유연하게 해낼 수 있을 테니까.

단편 소설의 장점은 무엇일까?

무심코 지나쳤던 사물이나 장면에 한번쯤 더 눈길을 주게 되는 것이다. 그래서 누군가 「밤이 아홉이라도」를 읽고 괜히 빈 화분 안을 들여다보거나 한 번도 눈여겨보지 않았던 건물과 건물 사이를 힐끔거린다면 그것만으로도 소설은 충분할 것 같다.

단편 소설이 중편이나 장편이 되기도 하나? 전석순에게는 장편과 단편이 어떻게 나뉘나?

초고를 쓸 땐 되도록 분량을 따지지 않으려고 애쓴다. 그 기준이 소설을 훼손할 때도 있기 때문이다. 다만 분량을 짐작만 하는데, 다 쓰고 나면 장편이라고 생각했던 이야기가 단편이 되기도 하고 그저 장면 하나에 머무를 때도 있다. 단편으로 충분했던 이야기가 시간이 지나 다시 되새기는 과정에서 중편을 넘어설 때도 많다. 그래서 장편과 단편을 나누는 확고한 기준을 슬쩍 흐트러뜨릴 때가 많다.

이 소설은 이전에 「고공행진」(2016)으로 발표했던 이야기를 더 발전시킨 것인가? 「고공행진」과 「밤이 아홉이라도」는 같은 소설인가? 다른 소설인가?

한 편의 소설을 마치고 나면 헤어지는 시간이 필요하다. 어떤 소설은 단번에 잊고 다신 생각하지 않기도 하지만 오랫동안 헤어지지 못할 때도 잦다. 「고공행진」이 유난히 그랬다. 그래서 언제고 또 만나야 할 거라고 짐작해 왔다. 나는 매 순간 변화하고 그래서 같은 대상을 봐도 시간에 따라 각도나 해석이 달라진다. 그 과정이 늘 더 나아지는 것이라고는 생각하지 않는다. 반대일 때도 있고 성장과 퇴화라고 구분 짓기 어려울 때도 많다. 그래서 헤어졌던 소설과 다시 만난 상황이 〈발전〉인지는 모르겠다. 도리어 깊이나 방향 또는 색감의 차이와 더 연관성이 있을 것 같다.

소설을 쓸 수 없는 상황이 닥친다면 어떤 식으로 〈이야기〉에 대한 욕구를 표현할 수 있을까.

이야기를 전달하는 방식 중 조건이나 제약이 가장 적은 게 소설이 아닐까 생각해 왔다. 그래서 소설을 쓸 수 없는 상황이라면 다른 방식도 마찬가지일 것 같다. 쓸 수 없는 상황이 이야기하는 방식의 문제에서 온 것이라면 연기를 하지 않을까. 범위는 다르겠지만 어떻게 보면 소설처럼 내가 아닌 타인을 1인칭으로 하여 그럴싸한 거짓말을 하는 방식이니까. 연극이라면 더 좋겠다. 기록으로 남지 않고 순간이 지나면 휘발된다는 점에서.

이 책을 〈테이크아웃〉한다면 어떤 공간과 시간으로 이 책을 가지고 가고 싶은지?

늦은 밤 아무도 없는, 가로등 빛마저 희미해서 겨우 사물의 윤곽만 알아볼 수 있는 골목이면 좋겠다.

“카스테라처럼 쉽게 짓이겨질 것 같은 건물들,
시든 빛 같은 작은 인간들,
아스팔트 용액 같은 검은색 밤”

훗한나

우리에게 너무나 익숙한 〈밤〉이라는 시간과 공간을 무늬를 가진 이미지로 탄생시켰다. 어떤 점이 어려웠고 또 어떤 점이 좋았나?

소설 속에서 밤은 도시의 구조물과 인간의 형태를 빚어내는 몰드 같았다. 밤과 검은색은 통제와 억압의 기제이면서 동시에 인간과 도시를 각각의 모습으로 재현될 수 있도록 외부에서 형태를 주는 것, 노란색은 혼자서는 형태를 가질 수 없는 것, 그 자체이면서 불안정한 것으로 개념화해 작업하게 되었다. 처음부터 계획한 것은 아니었지만 그림이 진행될수록 자연스럽게 색에 의미가 부여되었다. 소설에서 하나의 작은 이야기가 마무리되면 다양한 밤의 질감 묘사가 있었다. 밤을 풍부하게 표현하기에 충분했다. 그리고 밤은 좋아하는 주제이다. 신경 썼던 점은 소설 속의 내용을 직접적으로 묘사하지 않고도 되도록 〈한국〉의 어느 〈도시〉의 〈현실〉인 것 같은 느낌이 났으면 좋겠다고 생각했다.

「밤이 아홉이라도」를 읽고 가장 먼저 떠오른 이미지는?

카스테라처럼 부들부들하고 쉽게 짓이겨질 것 같은 건물들, 카스테라 건물에서 흩어져 나온 시든 빛 같은 작은 인간들, 아스팔트 용액 같은 검은색 밤. 본문 중 건물이 살짝 넘어가는 대목을 개인적으로 좋아한다. 그 대목에서 카스테라 같은 건물의 이미지가 떠올랐다. 그동안 막연히 도시의 건물들은 도시의 권력에 동참하는 단단하고 위압적인 존재라고 생각했다. 도시의 건물 값이 너무 비싸서 별다른 안전장치 없이 공사 하는 건물들의 곁을 지나가면 내가 건물 값보다 싸다는 생각이 들곤 했다. 본문에서 건물을 조금 기울이는 이미지는 그동안 보지 못했던, 건물을 품고 있던 〈밤〉을 돋보이게 했다. 건물 주위의 밤이 평소보다 더 단단하게 굳어져서 건물을 으스러뜨리는 것 같았다. 그리고 생각보다 권력은 목적도 없고 무정하는 생각이 들었다.

요즘 관심을 두고 있는 주제나 생각들이 있나?

한 가지 분야에서 오래 일한 사람들의 이야기들. 개인이 세계를 바라보는 눈과 본인이 몸담은 조직이 세계를 보는 눈이 자연스럽게 섞인 사람들의 이야기에 관심이 간다.

그림의 아이디어는 보통 어디서 어떻게 나오는가?

어딘가에서 어딘가로 이동할 때 이런저런 생각을 많이 한다. 요새는 특히 지하철을 환승할 때 이미지나 생각들이 많이 떠오른다. 복잡한 사람들 사이를 걸으면 벅찬 기분마저 들어서 환승 전에 신중하게 음악을 선곡하고 지하철 문이 짠 열리면 선곡한 음악을 들으며 뭐라도 하나 건져야지 싶은 마음으로 환승하고 있다.

그림을 그릴 때 어떤 도구를 주로 사용하나. 도구를 고를 때 어떤 점을 생각하는가?

주로 종이에 아크릴이다. 재료와의 스킨십도 무엇을 그리는가 만큼 중요한 것 같다. 종이에 물이 닿아서 뒤틀렸다가 다 마르고 나면 팽팽하게 펴지는 것, 물감이 뭉개지는 질감, 그림을 그리기 전에 크기대로 잘라서 쌓아 놓은 종이. 새 붓의 포장을 뜯고 빳빳한

붓끝을 손으로 툭툭 눌러 보는 것, 그 붓이 탄력성을 잃고 갈라져 가는 것을 손으로 느끼는 것 등 오랫동안 반복해 익숙해진 느낌이 내일도 그림을 그린다는 것을 당연한 것으로 받아들일 수 있게 해 준다.

문학 작품을 읽으면서도 영감을 얻는지 궁금하다. 그렇다면 가장 최근에 어떤 작품에서 영감을 얻었는지.

문장들에서 영감을 얻을 때가 있다. 작가가 개인의 내밀한 언어를 사용해 쓴 것 같은 아름답지만, 이해하기 어려운 문장을 만나면 문장을 이해하기 위해 나의 언어를 가져와 해독하려 하는데 원작자의 의도나 전체 이야기의 흐름에서 벗어나는 오독이 되기도 하지만 그 과정에서 작가의 그림자가 사라지고 나 자신과 조금 더 가까워지는 경험을 하게 된다. 그러면 작업하고 싶은 기분이 되거나 적어도 재밌는 기분이 된다.

보통 일러스트레이터에게는 소설의 표지 이미지를 의뢰한다. 본문과 같은 비중으로 이미지를 배치한다는 이야기를 들었을 때 어떤 점이 좋았고, 어떤 점이 걱정스러웠는가?

책을 읽으면 단어와 문장들에서 불쑥 솟은 인상들이 마음속에 계속 쌓인다고 생각한다. 그 인상들은 언어나 그림 등의 물리적인 형식으로 변환시키기에는 완벽하게 포착되지 않는 모호한 것들이다. 각각의 독자들이 책을 읽어 가면서 고유한 인상을 쌓기도 하지만 동일한 인상을 함께 공유하기도 한다. 그 동일한 인상을 일러스트로 제시한 셈인데 독자들의 고유한 영역을 방해하지는 않길 바란다.

가장 좋아하는 단편 소설은 무엇인가?

프란츠 카프카Franz Kafka의 「굴Der Bau」.

동서고금 막론하고 같이 일해 보고 싶은 문인이 있다면?

버지니아 울프Virginia Woolf의 단편집들을 그려 보고 싶다. 버지니아 울프의 글은 문장에서 떠오르는 이미지의 폭이 매우 넓다. 그림 속에 문장에 대한 단서가 없더라도 많은 사람과 공감을 이룰 수 있을 것 같다. 그리고 『네이키드 런치Naked Lunch』! 아무 페이지나 펴서 단어만 추출해 그려도 재밌을 것 같다.

그림을 그릴 수 없는 상황 닥친다면 어떤 식으로 〈그림〉에 대한 욕구를 표현하겠는가?

창작과 관련된 일 자체를 하지 않을 것 같다. 그냥 혼잣말을 많이 하는 사람이 될 것 같고, 고양이랑 햄스터를 같이 키워 봐야겠다. 그림을 계속 그린다면 햄스터를 키울 일은 없다.

이 작품을 〈테이크아웃〉한다면 어울릴 장소는 어디일까?

초여름 군자역의 어린이대공원 놀이동산. 놀이동산의 대관람차가 잘 보이는 벤치에 앉아서 해가 저물기 직전에 읽으면 어울릴 것 같다. 대관람차가 운행하면서 내는 소리를 들으며 본문 중 건물이 살짝 넘어가는 장면을 읽으면 좋을 것 같다. 회오리 감자도 먹자.

전석순
2008년 강원일보 신춘문예에 단편 소설「회전의자」가 당선되어 등단했다. 2011년 장편 소설『철수 사용 설명서』로 오늘의 작가상을 받았다. 장편 소설로『거의 모든 거짓말』이 있다.

훗한나
단체전 〈Happened/Not Happend〉와 개인전 〈Hidden Forest〉, 〈Joy of The Rabbit〉을 열었다. 다수의 그림책을 제작하며 일러스트레이터로 활동하고 있다.

TAKEOUT 04
밤이 아홉이라도

글 전석순 **그림** 훗한나 **발행인** 홍유진 **발행처** 미메시스
주소 경기도 파주시 문발로 314 파주출판도시
대표전화 031-955-4400 **팩스** 031-955-4404
홈페이지 www.mimesisart.co.kr **email** info@mimesisart.co.kr

ISBN 979-11-5535-134-5 04810 979-11-5535-130-7 (세트)
발행일 2018년 7월 1일 초판 1쇄

이 도서의 국립중앙도서관 출판예정도서목록(CIP)은 서지정보유통지원시스템 홈페이지 (http://seoji.nl.go.kr)와 국가자료공동목록시스템(http://www.nl.go.kr/kolisnet)에서 이용하실 수 있습니다. (CIP제어번호: CIP2018017203)

이 책은 실로 꿰매어 제본하는 정통적인 사철 방식으로 만들어졌습니다.
사철 방식으로 제본된 책은 오랫동안 보관해도 손상되지 않습니다.

테이크아웃은
단편 소설과 일러스트를 함께 소개하는
미메시스의 문학 시리즈입니다.

01 **섬의 애슐리** 정세랑×한예롤

02 **춤추는 사신** 배명훈×노상호

03 **우리집 강아지** 김학찬×권신홍

04 **밤이 아홉이라도** 전석순×훗한나

05 **우리는 사랑했다** 강화길×키미앤일이

06 **정선** 최은미×최지욱

근간 **부산 이후부터** 황현진×신모래

사랑하는 토끼머리에게 오한기×이소냐

뷰티-풀 박민정×유지현

비상문 최진영×변영근

끓인 콩의 도시에서 한유주×오혜진

•

•

•